As Invernas

Cristina Sánchez-Andrade

As Invernas

Tradução de
Fátima Couto

TORDSILHAS

Copyright © 2013 JP/Politikens Forlagshus København
Copyright da tradução © 2016 Tordesilhas
Título original em espanhol: *Las Inviernas*

Todos os direitos reservados. Nenhuma parte desta edição pode ser utilizada ou reproduzida – em qualquer meio ou forma, seja mecânico ou eletrônico –, nem apropriada ou estocada em sistema de banco de dados, sem a expressa autorização da editora.

O texto deste livro foi fixado conforme o acordo ortográfico vigente no Brasil desde 1º de janeiro de 2009.

PREPARAÇÃO   Ibraíma Dafonte Tavares
REVISÃO   Sergio Alves
CAPA E PROJETO GRÁFICO   Amanda Cestaro
IMAGENS DE CAPA   Penndpaper (casas) / Shutterstock.com, Freepik.com (ovelhas)
IMAGENS DE MIOLO   Penndpaper (casas)

1ª edição, 2017

Dados Internacionais de Catalogação na Publicação (CIP)
(Câmara Brasileira do Livro, SP, Brasil)

Sánchez-Andrade, Cristina
As invernas / Cristina Sánchez-Andrade ; tradução de Fátima Couto. –São Paulo : Tordesilhas, 2017.

Título original: Las inviernas
ISBN: 978-85-8419-047-8

1. Romance espanhol I. Título.

16-00347   CDD-863

Índice para catálogo sistemático:
1. Romances : Literatura espanhola 863

2017
Tordesilhas é um selo da Alaúde Editorial Ltda.
Avenida Paulista, 1337, conjunto 11
01311-200 – São Paulo – SP
www.tordesilhaslivros.com.br

 /Tordesilhas

*À minha avó Isidora,
que nos presenteou com todas estas histórias.*

Primeira parte

> *"Este frio não é teu.*
> *É um frio sem ninguém que deixou esquecido não sei quem.*
> *[...]*
> *Silêncio. Está passando a neve de outro conto entre teus dedos."*
> Olga Orozco, "Remo contra a noite"

01

assaram uma manhã como o zumbido de um vespão, mais rápidas que um instante.
Elas.
As invernas.

Os homens dobrados sobre a terra se endireitaram para observar. As mulheres detiveram as vassouras. As crianças pararam de brincar: duas mulheres com grandes ossos cansados, como que cansados da vida, atravessavam a praça do povoado.

Duas mulheres seguidas de quatro ovelhas e uma vaca de andar balanceado, que puxava uma carroça carregada de apetrechos.

No final de uma vereda que ziguezagueava entre nabiçais, via-se ainda a velha casa do avô – também a casa delas –, agora coberta pelos galhos de uma figueira.

Morcegos e corujas se chocavam, fazendo círculos. A hera tinha invadido a casa, e a chaminé, coberta pela folhagem, adquiria as proporções e a aparência de uma torre arruinada. A casa tinha uma horta com um limoeiro e um matagal que abrigava borboletas e rangidos; no fundo corria um rio com trutas finas e saborosas.

Além do rio nascia o bosque, com árvores frondosas. Uma vegetação cerrada e densa que se emaranhava desde o solo até as copas das árvores, cercada por hortas e por minúsculos campos de cultivo.

Chovia, e elas se enfiaram lá dentro.

Elas e os animais.

Varreram o chão. Arrancaram as teias. Colocaram os apetrechos que traziam. Fizeram uma sopa. A luz diminuiu e o frio aumentou.

Um cheiro doméstico e familiar as envolveu; lembrou-lhes a doçura de certos dias de verão, as refeições na horta e a infância perdida. Mas o cheiro também lhes falou da guerra, da umidade e do riso. Ratos. Raiva.

Uma se sentou junto da outra e lhe disse:

– Ficaremos bem.
A outra respondeu:
– Sim.
E passaram algum tempo sorvendo a sopa, entretidas naquela conversa.
– Ficaremos bem.
Não era medo. Talvez uma suspeita, uma rara intuição.
– Ficaremos.

02

ora de Terra Chã, tinham chegado a se acomodar a outros climas e costumes, mas nunca haviam deixado de sonhar com a casa e a figueira, com os verdes prados sob a chuva.

Exceto pela figueira, que havia crescido torta e esparramada sobre o telhado, a casa continuava tal como a haviam deixado antes de fugir, quase trinta anos antes.

Agora, sentadas à mesa, olhavam tudo com os olhos cheios de lágrimas, enquanto a sopa ia esfriando.

E recordavam.

Entrando, à esquerda, depois do saguão muito fresco onde sempre havia cães adormecidos, ficava a cozinha, que dava para o pomar, de extraordinária floração na primavera, com pereiras e macieiras, um limoeiro, hortênsias, um pombal sem pombas, o palheiro e as eiras.

Quando as peras caíam, ouvia-se o golpe do fundo da casa, e as galinhas corriam, espavoridas.

Não havia água corrente na casa, nem banheiro. Como privada, serviam-se de uns buracos no estábulo cobertos de galhos de tojo para camuflar o cheiro.

Também havia um sótão. No sótão guardavam as máquinas de costura, os carretéis de linha, velas, baús, livros, papéis, roupa de cama e batatas com grossos brotos cor de malva.

No sótão as crianças choravam, e havia capões mortos, guarda-chuvas de varetas quebradas, teias de aranha e morcegos.

Disso elas se lembravam muito bem.

Disso, e de que os animais e as pessoas conviviam lá dentro, na casa. Uma convivência complacente, um cheiro enlouquecedor e violento cujo objetivo final era que a casa ficasse mais quente. O estábulo ficava muito perto da cozinha, bem debaixo dos quartos.

Quando a noite caía, os mugidos e os homens subiam a escada.

Iluminada pela claridade do fogo que brilhava na lareira, a cozinha daquela casa sempre havia sido o lugar de reunião das pessoas de Terra Chã.

Enquanto desfolhavam o milho, assavam as castanhas ou tricotavam malhas, contavam uns aos outros histórias insólitas: uma loba que invadia a aldeia para levar os recém-nascidos; uma cobra que mamava docemente nas tetas de uma vaca, ou fabulosas histórias de mulas carregadas de alforjes repletos de moedas de ouro... (você se lembra?, claro que me lembro, mulher!).

Na aldeia também se falava de Cuba. Muita gente havia emigrado para lá, principalmente para não ter que ir como recruta à guerra de Marrocos, e em Cuba havia dinheiro pendurado nas árvores, moedas de ouro e colares de pérolas em vez de peras ou maçãs. Em Cuba se comia ensopado de papagaio e beija-flor recheado, e as mulheres andavam peladas nas ruas.

À cabeceira da lareira costumava sentar-se dom Reinaldo, o avô das Invernas, um dos homens mais sábios e influentes da aldeia, sempre vestido de veludo, com a barba espessa tingida pelo tabaco e olhos azuis da cor do mar. Nas noites de inverno ele insistia em dizer que na aldeia sempre houvera muitos loucos. Em seguida contava a história daquele que tinha voltado de não sei onde e dizia ser uma galinha. Estava tão fora de si que até punha ovos; a família fingia acreditar para não ficar sem eles.

Entre as duas Invernas, que na época eram pequenas, sentava-se dom Manuel, o cura. Baixo, gordo. O pároco de Terra Chã era um glutão. Andava sempre com um pé na missa e outro na mesa. Era terminar o sermão e já estava na rua. Aos trancos, arrepanhando a batina para salvá-la do esterco, cruzava a praça para ir almoçar. Enquanto a criada lhe prendia o guardanapo no colo e o servia, ele emitia gorjeios de alegria. A boca se enchia de água ao ver o que tinha diante de si: um bom caldo, com seus correspondentes brotos de nabo, batatas e toucinho, linguiça e costeletas, em seguida duas chuletas ou alguns ovos fritos em gordura de porco, um pãozinho e meio litro de vinho novo. E de sobremesa um arroz-doce feito com manteiga que lhe deixava na língua o rastro pegajoso dos beijos de sua mãe. E que não faltassem o licor e o café.

Ninguém queria sentar perto dele porque desprendia um certo cheiro. Não era cheiro de estábulo, nem de suor, nem mesmo da gordura da comida; o padre recendia a roupa guardada e a padre. Era um cheiro de cor castanha, de todo modo um cheiro que tinha que ver com as beatas e com couve-flor cozida.

Em frente sentava o senhor Tiernoamor, o protético, e também tio Rosendo, o *maestro de ferrado*,[1] e logo depois, perto de... como se chamava ele?, perguntou uma Inverna, não me lembro, respondeu a outra, bom, aquele, o *caponero*,[2] e as mulheres, umas e outras, muitas, dependendo do dia. Tristán. O *caponero* se chamava Tristán.

Quem nunca faltava era a viúva de Meis; coxas grossas e canelas finas, a sombra de um bigode no lábio superior, como quase todas as mulheres de Terra Chã. Lançava olhares sedutores ao tio Rosendo, situado na outra ponta, e ele correspondia tirando o gorro e suspirando.

A criada de dom Reinaldo, chamada Esperanza, e seu filho Ramonciño também sentavam diante da lareira.

---

[1] O *ferrado* é uma antiga medida agrária da Galícia que se transformou em medida de capacidade. O *maestro de ferrado* era um professor que ensinava as crianças da aldeia em troca de uma quantidade (medida em *ferrados*) de trigo e milho. (N. da T.)
[2] Criador de capões, que são os animais emasculados. Neste caso, frangos. (N. da T.)

Agora se lembravam disso, sim: de Ramonciño, de cabeça grande mas orelhas pequenas como cerejas, gostava de mamar perto da lareira, naquele ambiente recolhido e tépido onde sempre flutuava um agradável cheirinho de linguiça e de fumaça da raiz de tojo. Depois da sesta (você se lembra?, como não vou me lembrar?!), ele corria para buscar sua banqueta em um canto e se encolhia perto das mulheres para ouvir as histórias.

Terra Chã era uma aldeia tão retirada que seus habitantes eram pobres de solenidade – e mamões, costumavam acrescentar os camponeses dos arredores.

Quem era mamão de verdade era Ramonciño. Ao primeiro queixume, sua mãe desabotoava a blusa e o incrustava contra os seios grandes e sulcados de veias, com gosto de coalho azedo. O menino sugava os mamilos, primeiro um, depois o outro, enchia a boca de peito até que o leite transbordava pelas comissuras dos lábios e jorrava pelo colo. Só às vezes, quando o menino lhe mordia um mamilo com os dentes, aquela mulher imóvel como um penhasco tinha um ligeiro estremecimento.

Ramón, Ramonciño; todo mundo sabia quem era a mãe, e poucos quem era o pai.

Um dia entrou ali o avô das Invernas. Ao ver o menino, que já tinha seus seis ou sete anos, falava pelos cotovelos e até lia o abecedário, levou as mãos à cabeça. Disse a Esperanza:

– Olha que o rapaz já não tem idade para mamar, mulher. Você tem que tomar uma atitude.

Mas a criada encolhia os ombros. Dizia que se não era a teta, o menino não abria a boca. Na verdade, era ela e não a pobreza a culpada pelo fato de o menino perseverar no vício: não queria que seu filho vivesse o calvário pelo qual ela tivera de passar.

Seu calvário havia sido o seguinte: tinha sido abandonada muito pequena; uma mulher pobre chamada Nicolasa a encontrara na porta de casa quando voltava das termas de Lugo. Estava muito bem embrulhada, dentro de uma cesta, e trazia consigo uma garrafa de vinho doce e filhoses frescos. A mulher pegou a cesta e, enquanto comia os filhoses, pensou em um nome para a menina. Batizou-a com o nome de Esperanza a la Puerta de Nicolasa, e durante anos a alimentou com leite de cabra, pondo-a para mamar diretamente do animal. A cabra se afeiçoou à menina e, quando voltava do monte, adiantava-se ao rebanho, empurrava a porta com o focinho, procurava-a pela casa, levantava a perna e lhe oferecia a teta.

Na aldeia riram durante anos da menina que mamava na cabra, e, quando Esperanza teve uso da razão, jurou a si mesma que a primeira coisa que daria a seu filho seria o peito ("um peito como Deus manda", costumava dizer) que nunca lhe tinham dado.

E assim foi durante sete anos, até o dia do desmame, depois que dom Reinaldo lhe chamou a atenção.

As Invernas recordavam como naquele dia a aldeia inteira havia desfilado por lá para dar sua opinião. Veio a senhora Francisca, padeira e mãe de oito criaturas, e disse:

– Dê-lhe um caldo de legumes, mulher.

Veio a tia Esteba, a que vestia os mortos, e disse:

– Ele vai deixá-la seca.

Veio Gumersinda, a Coxa, e disse, apontando o dedo:

– Ele vai passar a vida toda pendurado aí.

Veio o senhor cura e disse:

– Reze, que sempre ajuda.

A mãe da criatura encolhia os ombros. Dizia a mesma coisa a todos:

– É que se não há teta o rapaz não abre a boca.

Ao cabo de alguns dias, o avô voltou com uma tigela que continha um unguento que ele mesmo havia preparado com ervas amargas, cinzas e suco de limão.

– Amanhã você unta os seios com isto – ordenou. – Vai ver como o menino não vai voltar a mamar nunca mais na vida.

Na manhã seguinte, a mulher untou os seios com o unguento. Logo veio o menino com o banquinho e sentou-se para mamar. Deu três ou quatro lambidas, mas em seguida se afastou do mamilo com cara de nojo.

– E então... Ramonciño? – perguntaram as mulheres com alguma ironia. – Hoje não há teta?

Muito mais tarde, quando Esperanza morreu e Ramonciño se tornou Ramón e se fez marinheiro e embarcou para desaparecer durante dois anos, continuava a responder a mesma coisa:

– Hoje a teta está intragável.

Tudo isso e muito mais recordavam enquanto voltavam a se instalar na casa.

As lágrimas na sopa.

As Invernas.

03

Dormiam agora como quando eram meninas, em um quarto de teto úmido e descascado, com uma janela que dava para as eiras, com um crucifixo, uma foto de Clark Gable e duas caminhas de ferro com colchões cheios de palha de milho, esparramadas na cama como dois sáurios pré-históricos, roncando com a boca aberta. Ninguém as havia incomodado desde a sua chegada. Até que um amanhecer, alertada por um ruído, uma delas subitamente abriu um olho.

– O que foi isso?! – perguntou-lhe a outra.

E permaneceu um momento assim, com um olho aberto e o outro fechado, as mãos como garras sobre a dobra do lençol, quieta e fria como uma lagarta.

A outra Inverna, que afinal acordou, levantou o tronco imediatamente. Sentada na cama, aguçou o ouvido.

– Não ouço nada... – disse.

– Porque você ainda está com sono – respondeu a outra.

– Você sempre acha que sabe de tudo – retrucou a primeira. Estendeu um braço e começou a apalpar a mesinha de cabeceira. – O que você pode saber do meu sono? O sono é meu, não seu. Onde estão os meus dentes? Você os pegou?

– E para que eu ia querer os seus dentes asquerosos?!

A que acabava de falar bocejou, e a outra viu até o céu da boca, vermelha como as entranhas de um porco.

– Não sei como você pode ser tão desagradável... – disse a primeira. Continuou apalpando a mesa até encontrar a dentadura. Colocou-a num instante, com um ruído seco: *ploc*. Depois pulou da cama, tirou de baixo dela o urinol e levantou a camisola. – Ninguém em seu juízo perfeito a suportaria – continuou, enquanto se sentava para desaguar. – Você tem sorte de ter a mim.

Quando terminou, foi sua irmã que ocupou o lugar no urinol. Uma de pé, a outra sentada, ficaram novamente a escutar.

– E se for a Guarda Civil que está à nossa procura? Um dia hão de vir... – disse a que estava sentada. Levantou-se, ajeitou a camisola e tornou a esconder o urinol debaixo da cama.

– É a Greta – tranquilizou-a a outra. – Está enlouquecida por causa das mutucas.

Foi até o alçapão que havia no chão e o levantou; de repente, como a revelação de algo que estivesse oculto neles, subiu o cheiro penetrante e acre do tojo que servia de leito aos animais do estábulo.

Lá estava a vaca da raça *rubia gallega*, que, em vez de se chamar Marela ou Teixa, como todas as vacas de Terra Chã, chamava-se Greta. Greta Garbo. Ao vislumbrar o traseiro da vaca incrustado de imundície e o rabo, que ia de um lado a outro para espantar as moscas, a Inverna suspirou, tranquila.

Durante um instante ficou assim, de cócoras, com a cabeça enfiada no alçapão. Ouvia o crepitar das mandíbulas e dirigia à vaca palavras maternais, não se aflija, Gretiña, que estamos aqui, palavras suaves que nunca dirigia às pessoas, anestesiada pelo aroma penetrante daquilo que a superava – que superava as duas –, que saía pela porta e se estendia pelo matagal e que seguia, seguia para o norte. Um matagal no qual uma pessoa podia passar dias e dias sem que ninguém a encontrasse, como naquela vez em que elas se haviam perdido. Fechou o alçapão de chofre ("é Greta, não é nada além de Greta. Greta e as mutucas").

– Que mutuca que nada! – disse a irmã, pondo-se de pé. – Estou falando desse estalido de folhas secas. Alguém vem vindo para cá.

Nos olhos da outra brilhou a luz da batalha.

– Cale a boca, *antroido*![1]

Ficaram escutando mais um instante. Por toda parte, na cozinha, na salinha, no chão e na cama, até dentro das gavetas, zumbiam moscas, tenazes e pesadas. Greta Garbo tinha a vantagem dos úberes com tetas duras como cenouras, sempre transbordando de leite. Mas tinha um temperamento irritável, mais parecido com o de um asno que com o de uma vaca, e não havia coisa que mais a enfurecesse do que as moscas. Quando as moscas a atacavam, ela costumava dar coices com as patas traseiras, mugir e às vezes morder as pessoas. Mas agora a vaca estava silenciosa.

Soaram umas batidas na porta.

– Invernas!, abram a porta, Invernas!

Cheias de medo (ou de excitação), as duas irmãs se fundiram num abraço.

– Como nos chamaram?, hienas? – sussurrou uma delas com o nariz colado ao peito da outra.

– Invernas – disse a segunda. – Acho que disseram isto: Invernas.

– Invernas... – repetiu a primeira, pensativa.

– Foi isso, Invernas. E faça o favor de não deixar o seu ranho grudado no meu casaco.

Puseram-se a correr escada abaixo. Uma das duas, mais atrasada, lançou-se sobre a outra para interceptá-la e dar-lhe um empurrão; a outra tentou agarrá-la pelo ombro, mas não conseguiu. Caíram, rolaram no chão e tornaram a ficar de pé.

Ficaram diante da porta, uma por cima da outra, corpo contra corpo, sem se atrever a abrir.

Eram muito diferentes uma da outra, as Invernas.

---

[1] Pessoa que se veste de maneira desalinhada e ridícula. (N. da T.)

A mais velha era seca e ossuda, tinha rosto afilado e nariz aquilino. A dureza dos anos vividos havia arrastado consigo a ternura, a doçura de seu coração de menina, a fé em si mesma e nos demais, não lhe deixando outra coisa além de uma espécie de inércia mansa com horários rígidos. Encerrada em seu universo particular de revistas, radionovelas e choramingos, tinha uma única paixão: uma necessidade doentia de segurança e de que a deixassem em paz. Por isso se levantava, trabalhava e dormia sem pensar em mais nada. Assim era dia após dia, o que ela chamava de sua "linda rotina". Aos vinte anos, davam-lhe quarenta. Desde os trinta e cinco já não aparentava idade alguma.

Na outra irmã, chamavam a atenção o cabelo azeviche ondulado, as formas estreitas, os lábios carnudos e sobretudo o olhar – aqueles olhos verdes com pintas douradas em torno da íris. Sua irmã costumava levantar a voz, e ela calava; seguia a outra e se adequava a seus horários, não porque gostasse especialmente da rotina, mas porque era a única coisa que tinha e que lhe assegurava uma vida tranquila, sem sobressaltos nem tumultos. Sempre havia sido muito paciente, sendo essa paciência o melhor dela, se não o mais adverso.

Quem eram elas exatamente? Não eram meninas. Nem velhas. Mas já tinham uma idade em que se deseja viver tranquilo. Tranquilo de quê?

– Quem é? – disseram ao mesmo tempo.

A vaca tornou a mugir no estábulo.

04

esde que elas haviam chegado, a gente de Terra Chã não tirava os olhos delas, não fazia outra coisa além de espiá-las, mas ninguém tinha coragem para falar com elas cara a cara.

Tio Rosendo, o *maestro de ferrado*, se lembrava de que quando meninas elas haviam demorado muito para aprender a ler. Ninguém nunca soube que idade tinham naquela época. Na escola, não brincavam com as outras crianças. Ficavam juntas em um canto, com aranhazinhas e borboletas enganchadas no cabelo e aquele ar lânguido e distraído, fitando os pés como se neles crescessem plantas ou coisas.

Aquele de quem todos se lembravam perfeitamente era do avô. Para os padres, era curandeiro e endemoniado, conhecedor de remédios secretos e de plantas que florescem nos jardins subterrâneos; para os velhos, era *arresponsador*.[1] Mas para as *arresponsadoras* não podia sê-lo. Para uns era perigoso, para outros um animal do outro mundo, e para os demais não era nada mais que um pobre homem, mágico mas racionalista. Todos concordavam, porém, que era dotado de uma incrível perspicácia, de modo que ao primeiro olhar podia adivinhar o que acontecia com o doente que tinha diante de si.

Ia de casa em casa recompondo ossos, escutando o murmúrio das entranhas e sussurrando poemas para curar o mau-olhado. Além disso, sabia falar com os animais e afugentar os lobos. Era só mencionar dom Reinaldo e flutuava no ar uma admiração surda e muda, uma emoção contida.

Chegou a ter por isso uma boa clientela, e em seus últimos dias dedicava-se de corpo e alma à arte curativa. À sua casa vinham

---

[1] O encarregado de rezar o responso a Santo Antônio para que o lobo não ataque o gado. (N. da T.)

doentes de toda parte: pessoas possuídas por soluços – que ele curava com sustos mortais – e pela ânsia de comer pedras e terra, que era um mal corrente em Terra Chã.

Todos se lembravam daquela vez em que na sua casa entrou uma irmã leiga de Villafranca surda-muda que tornou a sair recitando o Evangelho e jogando beijos para os espectadores.

Dom Reinaldo conhecia as leis secretas que regem as relações entre o mundo e o além, e inclusive a ciência contra o mau-olhado, mas falava de coisas simples e importantes, cotidianas como a natureza e o nada, o medo e a morte. A morte era um descanso? Sim, a morte era o único, verdadeiro e inabalável descanso dos homens. A morte era a neve de outra história.

Mas o que dom Reinaldo fazia melhor era ouvir. Tinha um dom extraordinário para ouvir, uma aptidão de confessor que sempre havia suscitado a inveja de dom Manuel, o padre.

Sentado junto da cama do doente, com uma perna cruzada sobre a outra, tirava a cigarreira, enrolava o cigarro e se punha a fumar.

– E então, amigo, fale-me dos seus rins – dizia.

Ficava mais de uma hora ouvindo o enfermo.

O enfermo lhe contava suas penas, que quase sempre eram atribuídas a algum elemento externo; o inverno, a chuva, um tatu-bola, um alimento em mau estado, a mulher ou a inveja do vizinho.

Depois de ouvir atentamente, dom Reinaldo dizia:

– Isso que está acontecendo com você não é por culpa da sua mulher, nem do seu vizinho, nem do inverno, nem do tatu-bola. Nem mesmo é culpa da inveja.

Estava convencido, e assim o explicava, de que todas as doenças tinham origem em nós mesmos. A inveja dos êxitos de fulano, um sonho, os fracassos, um mau pensamento, um remorso ou um desejo insatisfeito têm a ver com algo que aconteceu a alguém um dia e ficou sem resolver. Com o tempo, acabava fazendo bola e enquistando-se para se transformar em doença.

A vaca tornou a mugir no estábulo.

– Somos nós – repetiram as mulheres na porta. – As mulheres da aldeia.

Mas ninguém sabia o que havia sido feito do avô. Segundo tio Rosendo, o *maestro de ferrado*, ele simplesmente havia enlouquecido por culpa da guerra.

Com frequência, enquanto conversava com os outros homens na penumbra da taberna, recordava seus últimos dias, quando Reinaldo se tornara simples e feliz. Um bom dia notou que ele estava mais magro. Dois dias depois, perambulava de um lado a outro com um fiapo de muco escorrendo do nariz. Perdeu a disposição, deixou de comer, afastava as netas. Chegava aos lugares sem saber onde estava. Desconcertado, dizia, parando o primeiro que encontrava: "Meus pés me trazem, mas não sei onde estou..."

Isso foi antes de desaparecer para sempre. E antes de desaparecerem as Invernas.

Outros afirmavam tê-lo visto esfumar-se com o vento entre os milharais, pelo caminho que levava a Portugal.

E que as próprias meninas haviam tratado de cavar o seu túmulo.

De todos esses fatos do passado relacionados com a guerra se falava às vezes em Terra Chã. Foram tempos de confusão e de mentira. Um dia era branco e o seguinte era negro. Um dia os habitantes se levantavam sendo da esquerda, e outro, sem escrúpulo algum, da direita. Um dia, uns quantos proibiam que os sacerdotes acompanhassem os defuntos até o cemitério, e no dia seguinte esses mesmos explicavam com veemência às pessoas que se não chovia em Terra Chã, ou se caíam geadas sobre as couves, era porque ninguém rezava, e Deus se havia irritado. E então punham-se a rezar.

O certo é que a igreja estava cada vez mais cheia, e o padre, dom Manuel, encantado.

Antes mesmo de a guerra estourar, dom Manuel havia perdido a credibilidade e a confiança entre seus paroquianos, por diversas razões.

Em primeiro lugar, ninguém gostava de suas comilanças quando a maioria não tinha o que levar à boca.

Com a desculpa de que a Igreja precisava de dinheiro para os gastos de vinhos, hóstias e ornamentos, andava por ali arrastando uma carroça que rangia como um demônio, cobrando a esmola. Ninguém era obrigado a pagá-la, mas, mesmo que nevasse, não havia dia em que dom Manuel deixasse de sair com a carroça: se não era pão, era um ferrado de milho, umas batatas, um queijo, algumas onças de chocolate ou um jarro de mel. Sempre conseguia alguma coisa.

E também havia aquele cheiro acre que ele emitia. Será que por ser padre ele não precisava se lavar? Era só vê-lo por ali e as pessoas cruzavam a rua.

Mas em tempos de guerra a igreja se converteu em lugar de refúgio para muitos. Alguns iam pedir proteção a Deus, e outros para se deixar ver. Um dia as pessoas, a caminho do monte, cantavam algo sobre os padres e os frades, e sobre a surra que iam dar neles. Não era bem uma canção, mas palavras que se inventavam durante a marcha e que o vento levava. No dia seguinte, entoavam cânticos celestiais. Exibiam as medalhinhas de santos desbotadas pelo mofo que suas mulheres haviam encontrado no fundo das gavetas.

Comentava-se que se a Frente Popular ganhasse, os ricos teriam que repartir sua riqueza. Isso agradava aos pobres. Mas a partir do começo da guerra não se repartiu nada, e a rotina da fome e do medo se impôs.

Nas casas, acrescentava-se à massa do pão qualquer coisa que não fosse venenosa: palha, farpas, rãs e pedras. A aldeia morria de fome, ninguém tinha o que comer, e ainda assim todo mundo arremetia contra o pão, e o pão de cada dia podia chegar a ser muito duro. As pessoas perderam muitos dentes tentando mastigá-lo. As Invernas também se lembravam da sensação; tinham esquecido o rosto de muita gente, mas recordavam o sabor amargo do pão.

A couve, o tomate, o repolho escasseavam. Até a colheita de batatas começou a minguar. Só o tojo continuava crescendo, tenaz e solitário, alheio à falta de cuidados ou às carências da guerra. De tudo isso se falava nos primeiros dias do conflito, junto à lareira das casas. Enquanto se desfolhava o milho, se fiava ou se tricotavam malhas, pipocavam notícias e boatos de diferentes matizes. Disso e de que, logo depois, levaram preso o senhor Tiernoamor, o protético, que foi devolvido com uma multa de doze mil reais por ter-se dedicado a tirar os dentes dos mortos que encontrava nas valetas. Dizia-se isso, apesar de ninguém acreditar.

A poucas semanas de começar a contenda, encontraram um homem fuzilado junto ao rio. Essa morte também foi comentada com raiva e medo diante da lareira. Alguns vizinhos que haviam votado a favor da esquerda nas eleições não saíam mais de casa.

Vários rapazes da aldeia tiveram de ir para a linha de frente. Os outros estavam no Brasil ou em Cuba, ou tinham fugido para Portugal.

Com a guerra, as festas deixaram de ser celebradas, e as pessoas começaram a ter medo daqueles com quem andavam e do que se dizia em voz alta.

Os que passavam pelos caminhos não reconheciam uns aos outros. O olhar era sustentado por um segundo e, ato contínuo, baixava-se a vista. Ninguém perguntava. Ninguém compreendia. Ninguém sabia se as portas estavam abertas ou fechadas; se subiam ou se desciam.

E também havia a questão dos relógios. Durante a guerra, as horas não coincidiam em nenhum relógio em Terra Chá. Se num extremo da aldeia davam as seis, no outro davam as duas e quinze.

Tio Rosendo, o professor, foi o que passou melhor. Encontrou seu próprio refúgio fazendo com que as crianças pintassem mapas para ficarem em dia com a contenda, com o limite bem marcado entre a Espanha Nacional e a Espanha Vermelha. No cabeçalho das redações desenhavam as flechas, o jugo[2] e a bandeira nacional, e às vezes colavam a foto de certas autoridades que recortavam das revistas. Depois da data, punham "Primeiro ano triunfal", "Segundo ano triunfal" ou "Ano da vitória".

As crianças não viviam em tensão por causa da guerra, mas por causa dos mapas de tio Rosendo.

Foi nessa época que levaram o avô das Invernas. Prenderam-no durante uma semana e depois o trouxeram para casa. Em Terra Chá foram proibidas as artes mágicas e curativas – argumentava-se que eram de cunho comunista –, mas o certo é que cada vez aconteciam coisas mais extraordinárias e misteriosas na aldeia.

A vaca Greta mugiu pela terceira vez.

---

[2] A simbologia das flechas e do jugo foi adotada pelo fascista movimento falangista espanhol, que se aliou às forças do general Francisco Franco durante a Guerra Civil Espanhola (1936-1939). O jugo é a peça de madeira que une os animais de tração pelo pescoço ou pela cabeça, e por isso se transformou num símbolo de opressão. (N. da E.)

– Abram. Somos nós, as mulheres da aldeia.
Uma Inverna abriu a porta.
– O que vocês querem? – perguntou.

05

Tanta espera, espiando por trás das janelas, elucubrando sobre onde estariam (dizia-se que no estrangeiro, talvez na escura e sempre úmida Inglaterra...), e agora queriam saber para que tinham voltado. Confiavam particularmente que não tivessem voltado com más intenções.

– Nossas intenções nem nós próprias conhecemos – disseram elas em dueto.

E assim parecia. Desde sua chegada, todos os dias haviam transcorrido estranhamente iguais para as duas mulheres. Como se nunca tivessem partido.

Como se sempre houvessem estado ali. Junto do céu, da terra, das flores e da lua de Terra Chã.

Ao amanhecer, depois de tomar o café da manhã perto do fogo (uma toma café com leite, a outra pão com vinho), dão os braços (uma é ligeiramente mais alta que a outra) e, já vestidas com gibão, saia, casaco, lenço na cabeça e tamancos, saem de casa.

Uma delas, a que come pão com vinho, esquadrinha o céu e fareja o ar. Descansando uma mão grande e ossuda no ombro da irmã, suspira profundamente. Diz: "Vamos ver o que nos depara o dia, filha..."; ou talvez: "Só Deus sabe o que acontecerá", ou às vezes: "Dai-me paciência, Senhor, para suportar esta prova".

Coisa absurda, porque nunca acontece nada.

Deus não lhes exige paciência nem as submete a prova alguma. A força está na repetição.

Na aldeia todo mundo se conhece e todo mundo se cumprimenta. Cada família sabe a história dos outros, os nomes dos pais, dos avós, e está a par dos bens que uns e outros possuem.

A aldeia é uma espinha de peixe.

Uma rua principal mais larga, que desemboca em uma praça onde há um cruzamento. De ambos os lados, ruelas coalhadas de casas de pedra escura de dois andares, com telhado de pedra negra. A igreja, com seu átrio forrado de ossos, o forno comunal, a taberna. Também há carroças e animais de carga. O rio – e as vacas, que, amarradas a uma corda, caminham lentamente para beber nele.

O passeio de tílias.

E por trás das janelas, os olhos. Os mesmos olhos de sempre.

Tudo ali acontece de acordo com a estação. No verão se debulha o trigo e se colhem as uvas; em setembro, a semeadura e a colheita. Na tarde do primeiro dia de novembro se assam e se comem as castanhas, acompanhando-as com vinho. Desde o Dia de Todos os Santos, a festa do fiadeiro[1] e as *esfolladas*,[2] em que os moços e as moças terminavam dançando na cozinha. Depois vem a matança do porco: chouriços, *zorza*.[3] Panquecas e frutas secas. Durante todo o ano, subir ao monte por entre o tojo, acompanhar o gado, recolher a lenha miúda, misturar o esterco na praça.

Estavam ali os de sempre. Convencidos de que o mundo terminava na curva da espinha de peixe onde deixavam de se ver as casas de Terra Chã.

As mesmas caras, o mesmo vinho, o tojo, as meias das mulheres estrangulando-lhes a batata das pernas. O cheiro enjoativo do esterco espalhando-se pela praça.

A mesma expressão de tédio. Tudo tinha o sabor de antes.

Os mesmos e também os outros, para observá-las. Para ter alguma coisa para fazer ao observá-las.

---

[1] Reunião em que as pessoas fiavam e que terminava com música e dança. (N. da T.)
[2] Reunião em que as pessoas tiravam as folhas ou os frutos de determinadas plantas e que também terminava com jogos e danças. (N. da T.)
[3] Carne, em geral de porco, picada e temperada com pimenta, alho e sal, com a qual se fabricam as linguiças. (N. da T.)

Entre os cães e as crianças que os precedem, sobem ao monte, uma Inverna na frente, a outra atrás, seguidas da vaca e das quatro ovelhas: isso é tudo.

As mulheres e os animais.

O monte.

(Os pés recordam,
e elas os deixam caminhar.)

Voltam ao entardecer, envolvidas pelo som dos cincerros. Semeiam batatas, tiram água do poço, dão de comer às galinhas, assam carne e fazem sopa.

Sentem-se cômodas na lentidão.

Quanto menos falam, melhor; as palavras enredam, confundem, enganam, e não precisam delas para sentir. Estão cômodas, e o mero fato de estar juntas, de estar sós, de compartilhar a situação, uma sopa, o anis, as faz sentir-se bem. Não esperam mais e não desejam mais.

Tudo as surpreende: uma galinha põe um ovo ou uma planta germina entre os grumos da terra, e a certeza de que Deus está ali as domina.

A vida parece um milagre.

Mas não é Deus que faz os milagres; é a repetição.

De tarde, enquanto costuram com a Singer, ouvem a novela de rádio, que quase sempre as faz chorar.

Depois fecham a porta da casa e ficam sozinhas,
debaixo do cobertor,
no calor da solidão escolhida.

06

Só nas noites de muito vento a rotina se quebra.
Na escuridão de seu quarto, nas caminhas de ferro, as Invernas se permitem falar daquilo que constitui o seu segredo.
Uma voz (ou é o vento?) rasga o silêncio.
– Escute, Sala...
E a outra:
– O quê...?
– Aquele dia, você...
– Sim...
– Você acha que fizemos bem, Sala?
– Fizemos o que tínhamos de fazer, Dolores.
E logo depois:
– Escute...

Saladina acende o candeeiro. Estica o braço até a outra cama e pega a mão da irmã.

– Que é, Dolorciñas, que é...

A pele desprende ondas de calor; a luz, o bater do coração e o contato da carne sossegam as mulheres. A resposta aceita na obscuridade.

– Nada.

Tornam a apagar a luz e dormem. Ao amanhecer, a mesma festa. O desjejum, a vaca, a horta e as galinhas, a geleia,
a novela de rádio que as faz chorar,
tchuc, tchuc, tchuc, a máquina de costura...
Dolores e Saladina,
o remorso.

07

Muitas coisas neste mundo são indescritíveis; mas o maravilhoso da mente humana é a forma como ela se adapta quando ocorre o pior. Além do pior, pensa, não pode haver nada. O inimaginável teve lugar, e do outro lado está a morte, o caos, o fim. Mas o pior acaba de ocorrer, e a mente sai do silêncio. Consegue sair. Tateia no escuro, está abalada, mas emerge. Sobe em direção ao ruído. Fica de pé e enfrenta. Acostuma-se.

Remorso, um polvo com tentáculos.
Remorso de quê?
Só elas sabem.

O grupo de mulheres que esquadrinha através das teias da porta não suspeita de nada. Apesar de já saberem de mais algumas coisas. Sabem que ofício aprenderam e exerceram enquanto estavam fora, sabem que elas gostam de cinema, que uma delas se casou, que seu marido morreu e que não tem filhos, sabem a idade que elas têm: trinta e muitos, talvez quarenta ou quarenta e dois.

As Invernas lhes ofereceram café e aguardente, e lhes contaram tudo isso; e sabem também que sempre quiseram voltar à casa do avô, o lugar que recordavam com verdadeira saudade. "Um país", dizem, "quer dizer não estar só, saber que nas árvores, na chuva e na terra há algo seu, parecido com o sangue, que, mesmo que você não esteja lá, continua esperando por você." É isso que as mulheres gostam de ouvir. Cria um vínculo.

A casa e a figueira.
A vaca.
Verdes prados sob a chuva.

Como todas as mulheres do mundo, as mulheres de Terra Chã gostam que outras mulheres lhes contem coisas, em doses adequadas, em tom humilde e confidencial.

O que elas mais gostam que lhes contem é o que as Invernas já não querem recordar. Mas ali sentadas, com a camisola erguida até as coxas, elas se veem obrigadas a fazê-lo: uma tarde de verão de 1936, quando voltavam de colher genciana e camomila no bosque, correram para a cozinha com a certeza de encontrar ali o avô, com quem viviam desde que haviam ficado órfãs, sentado junto ao fogo da lareira; mas dom Reinaldo não estava. Só estava o caldeirão em que ele costumava cozinhar as ervas para fazer as tisanas, o líquido derramado no chão. As meninas não compreenderam nada, e alguns dias mais tarde o avô regressou, magro e abatido, gritando-lhes que tinham de fugir.

Enfiaram o que puderam em uns embornais e fugiram através da mata. Durante três dias dormiram sob as árvores, comeram amoras e chuparam raízes de árvores. Mas não foram muito longe, porque uma pensava nos lobos, e a outra nos *gatipedros*.[1] Voltaram para casa. O avô ainda estava lá, mas depois de alguns dias vieram buscá-lo. Diante delas, despiram-no, insultaram-no e se riram dele, fazendo-o correr de um lado a outro para se esquivar das pedradas. Quando ele caiu inconsciente, amarraram-no pelas mãos à cauda de um cavalo e o levaram arrastado até o lugar onde foi fuzilado.

Então alguém, talvez uma mulher de uma aldeia vizinha, as enfiou em um ônibus e as acompanhou até o porto de Bilbao, onde lhes entregou umas maletas de papelão. "Adeus", disse-lhes, e deu meia-volta. As meninas mal a conheciam, mas a visão daquela mulher corpulenta dando-lhes as costas, desfilando pelo cais a grandes passadas, sem se voltar nem uma única vez para olhá-las, ainda as persegue.

---

[1] Figura lendária da Galícia, gato com um chifre na frente pelo qual lança água. (N. da T.)

Junto com muitas outras crianças, quase todas bascas, zarparam no navio La Habana. Nunca tinha visto o mar; viram-no pela primeira vez daquele barco. As meninas estavam convencidas de que as levavam a Cuba para colher aquelas moedas de ouro que cresciam nas árvores como cachos de uvas.

Mas depois de quarenta e oito horas de viagem, entre pirralhos que choravam e vomitavam, chegaram ao porto de Southampton. Havia bandeirinhas por toda parte, e fazia calor. No dia anterior havia se realizado a coroação de Eduardo VIII da Inglaterra, mas elas preferiram pensar que as bandeirinhas haviam sido postas para celebrar sua chegada a Havana. Cada criança levava unicamente duas mudas de roupa e um cartão com seus dados pessoais. Um senhor as recolheu e as levou a um acampamento. Aquilo não era como o que contavam na lareira. Chovia, fazia frio, e não havia papagaios tagarelas nem mulatas. Também não havia ouro pendurado nas árvores. O senhor que as recolheu lhes esclareceu com um meio sorriso que não estavam em Cuba, mas em Eastleigh.

Ficaram nesse acampamento vários meses. Cantavam, dançavam e eram educadas na língua inglesa. Nunca as trataram mal. Tampouco exatamente bem. Quando o verão terminou, elas foram separadas e postas a trabalhar.

Uma delas foi para uma casa com muitas crianças. Por sete libras ao mês, encarregava-se de tudo o que estava ao seu alcance: lavava no poço com pedras polidas, descascava batatas, arejava os lençóis, carregava baldes de roupa na cabeça e esfregava o chão de joelhos. Trabalhava muito, e a senhora que a contratou nunca teve motivo de queixa; mas ela só ficou ali alguns meses, e, sem lhe dar explicação alguma, mudaram-na de casa. Por alguma razão, sempre acabavam por mudá-la de casa.

A outra trabalhou primeiro em um hotel, fazendo camas e limpando os quartos, depois em um restaurante e por último em um hospital. Nos domingos as duas irmãs se reuniam em um parque, sob o céu cinza sulcado de gaivotas. Comiam um sanduíche de banana amassada e contavam uma à outra tudo o que havia acontecido durante a semana.

Era o momento mais feliz, porque falavam da aldeia. Lembravam-se de quando iam se banhar no rio, do cheiro acre do tojo recém-cortado, do resplendor da folhagem umedecida pela chuva, daquele lobo que encontraram fulminado por um raio, das pereiras, das pradarias, das vozes das gaitas, dos pássaros de Terra Chã e de um louco a quem chamavam Camión de Taragoña, porque percorria quarenta quilômetros por dia pensando que era o ônibus de linha.

Quando escurecia, iam ao hotel onde uma delas dormia e continuavam falando na penumbra do quarto, até o romper do dia. Os cheiros da terra e o profundo mistério do matagal continuavam ali. A respiração cálida, o tremor das mãos, os olhos fixos em qualquer lugar que não nos olhos da outra; unidas, elas estavam derrotadas, mas cada uma encontrou o corpo que procurava, e as duas se tornaram uma. Deixem isto crescer, pensaram, e então morrer.

Os anos se passaram dessa maneira mais ou menos tranquila – depois de algum tempo, ali também estourou uma guerra –, até que fizeram vinte e tantos, depois de ter vivido oito ou nove na Inglaterra.

Então, um dia, quando já começavam a falar o idioma com certa soltura e a encontrar prazer naquela vida insípida, disseram-lhes que na Espanha a guerra tinha acabado havia algum tempo, e que era hora de voltar para se casarem e procurarem um trabalho.

Isso é o que as mulheres mais gostam de ouvir do relato: casar-se e procurar um trabalho.

Isso as reconforta e as faz sentir-se bem, porque, afinal de contas, não é preciso ir tão longe para viver.

Uma família e um trabalho é o que elas têm.

08

*T*rabalho?

As mulheres de Terra Chã perguntam com certa inquietude se elas também são curandeiras, ou talvez feiticeiras, quer dizer: se herdaram os dons curativos do avô, se voltaram com a farmácia secreta e o arsenal de artes mágicas que, afinal, tantos problemas causaram na aldeia durante a guerra. Ao que as Invernas responderam que não, Jesus!, que podem ficar tranquilas, porque não lembram nada dessas artes.

Ao voltarem da Inglaterra, ensinaram-nas a costurar na Singer num ateliê de costura na Calle Real de Coruña. Trajes de defunto, enxoval de noiva, lenços bordados e vestidos para o Dia do Apóstolo.

No começo iam de casa em casa com a máquina na cabeça, pousada em um aro feito de trapos enrolados. Pagavam-lhes os consertos e lhes davam o jantar. Como trabalhavam bem, logo montaram um ateliê. Duas máquinas, duas mesas com duas cadeiras, um retrato do Generalíssimo e duas mulheres. Ficaram vivendo em Coruña.

Tornaram-se costureiras.

As Invernas odiavam a costura.

Mas as coisas tinham mudado muito. Aquele já não era o país que haviam deixado quando eram crianças. Ninguém prestava atenção nelas. Todos tinham em que pensar: no filho morto, no fogão sem lenha, no frio, na fome. Pelas ruas pululavam vendedores, contrabandistas, guardas civis, padres ou mulheres em pares e marinheiros. As filas indicavam os dias de partilha dos víveres racionados, como a farinha ou o azeite. Havia uma emanação rançosa na educação, nos pontos que davam ao costurar, na roupa e no ar que respiravam. As Invernas assistiram aos cursos da Seção Feminina, onde lhes explicaram que tinham de ser formiguinhas graciosas e amáveis.

Isso é o que foram.

Isso é o que eram.

Formiguinhas graciosas.

Aos domingos iam ao cinema, o único que havia na cidade, apesar de verem os filmes aos pedaços, porque os apagões eram frequentes, e as cenas mais escabrosas eram censuradas.

Dolores, a mais bonita, encontrou marido. Um tal Tomás, pescador de polvos e fanecas que vivia em Santa Eugenia de Ribeira. Tomás tinha um arpão e um barco, e saía para pescar ao amanhecer, debaixo das estrelas. Acabava de enviuvar e procurava uma mulher que se ocupasse da casa.

– Reflita bem – recomendou sua irmã, enquanto arrematava umas calças compridas –, porque aqui, comigo, não te falta nada. Você e eu formamos uma boa equipe – cuspiu no fio –, além disso, os homens, logo depois de casados, desenvolvem vícios. Você vai ver. De noite roncam... e pedem coisas.

– Que coisas?

– Ora, coisas... Você vai ver. Você não tem necessidade alguma de ir embora.

– Falou a voz da experiência – respondeu a irmã. – E o que é que você sabe da vida matrimonial? Acho que não há nada de especial no fato de um homem e uma mulher se entenderem... Além disso, você também ronca e às vezes me pede coisas. Por exemplo, ontem mesmo você me pediu um copo de água.

Na verdade Dolores não sabia muito bem por que se havia decidido por aquele pescador de polvos e fanecas que só tinha visto uma vez, num dia em que fora entregar uma encomenda em uma loja de confecção. Talvez esperasse encontrar no casamento a vida estável que não pudera ter durante a infância; mas o fato de agora a irmã pretender resolver o rumo de sua vida lhe pareceu um insulto a sua inteligência.

– Não, não há nada de especial em um homem e uma mulher se entenderem. Mas você não conhece esse homem. E, só para que você fique sabendo: o copo de água que eu te pedi não era para mim, era para pôr os dentes.

– O que acontece é que você tem inveja de mim. Quem dera você se casasse!

– Mas, mulher, não diga barbaridades! Se eu quisesse, teria homens aos montes. O que acontece é que não quero me amigar...

– Você? Feia e sem dentes?

Foi dizê-lo e arrepender-se. A irmã parou a máquina, tchuc, e ergueu a cabeça lentamente. Usava uns óculos muito grandes para costurar, com armação de madrepérola e lentes que lhe aumentavam os olhos. Seu queixo tremia.

– O que você disse? – perguntou.

Mas a outra não quis repetir. Por trás daqueles olhos protegidos pelos cristais só havia fragilidade, e a irmã sabia disso.

Separaram-se sem trocar nem mais uma palavra, com o nariz erguido. Pouco depois, Dolores foi viver em Ribeira com o pescador de polvos.

Mas uma manhã, apenas oito dias depois do casamento, alguém chamou à porta. Era ela. Mais magra, vagamente assustada, com as marcas da varíola da infância ressaltando como nunca sobre as faces esquálidas. Uma alma penada.

Sua irmã ergueu uma mão lenta, vacilante, tateou o ar tentando alcançar-lhe a face, uma carícia, ou talvez uma bofetada.

– Sou eu...

– Já sei... – respondeu Saladina. Deixou-a entrar com grande frieza, dissimulando o rubor de alegria que lhe iluminava as faces.

Olharam-se em silêncio. A Inverna que tinha voltado estava encolhida e cabisbaixa. A outra parecia um sapo inflado com sua repentina presença.

– Meu marido está no mar com o barco – disse ela. – Quero voltar a costurar com você.

Ninguém lhe perguntou o que havia acontecido, e como ela também não era de dar explicações, os oito dias do matrimônio permaneceram no mais escuro dos mistérios.

Se havia partido com altivez, a Inverna voltou a assumir os afazeres da casa com humildade. Depois de um mês já estava atarraxada à rotina consoladora, e voltou a ser a irmã de sempre.

Mas depois de algum tempo, principalmente ao entardecer, descia sobre seu rosto uma sombra de inquietude. Sua irmã entrava no quarto para falar com ela.

Perguntava-se o que é que a inquietava. Dolores, sentada na beira da cama, emitia um gemido longo e melancólico como o de uma baleia ferida.

Dizia que nada a inquietava, porque estava bem assim: costureira.

E se Saladina lhe perguntava se nunca havia se arrependido de voltar, Dolores dizia que agora se sentia bem: costureira.

E quando lhe perguntava, com a voz quebrada de medo (o medo da resposta), se tornaria a ver o tal Tomás, Dolores se punha a fazer trejeitos de cão engasgado, soltava o ar e se desfazia em lágrimas.

O pranto brotava das entranhas e subia aos borbotões até a boca, enchendo com seu som imenso a confusão e o vazio de sua alma.

09

as tudo isso já era parte do passado, e agora, por fim, voltavam a viver na aldeia, como sempre haviam desejado: a pequena casa longínqua, verdes prados sob a chuva.

De manhã a comitiva composta pelas duas Invernas, a vaca e as quatro ovelhas atravessava silenciosamente a praça. Passavam por baixo de umas macieiras em flor, depois na frente da casa do padre e um pouco além, diante do forno comunal. Então vadeavam a eira para penetrar em uns terrenos que conduziam ao monte.

Os buracos e as pedras do caminho as desequilibravam, mas as Invernas continuavam andando muito eretas, imperturbáveis como os animais. "Olha, ali vão as Invernas com sua vaca de andar cadenciado", diziam ao vê-las passar.

A alta e a não tão alta; a bonita e a feia; a que toma café de manhã e a que em vez disso come miolo de pão com vinho; a que tem dentes e a que os perdeu mordendo o pão preparado com pedras. A que é virgem e a que sabe Deus o que será...

A que resmunga e a que canta.

Uma mulher, duas mulheres. Nada mais?

(Os pés se lembram,

e elas os deixam caminhar.)

Uma vez no alto, Dolores se sentava sobre uma rocha. A pradaria estava coberta de morangueiros-bravos, e o monte despertava com os primeiros trinados dos pássaros. Além da garrafa de anis, levava a *Superestrellas del Cine*, uma revista que comprava em Coruña e que saía mensalmente com as últimas notícias e boatos, as estreias e fotos de atores e atrizes de Hollywood: Humphrey Bogart, Grace Kelly, Marlene Dietrich, Clark Gable. Ela contava às ovelhas e às vacas os filmes mais recentes, os casamentos e divórcios dos atores e, em geral, tudo o que ficava sabendo por meio da revista. Fazia-lhes perguntas em um tom de voz e respondia em outro.

As Invernas tinham se tornado fãs de cinema na Inglaterra. Uma tarde, no parque onde se reuniam depois de trabalhar, um senhor as ouviu falar em espanhol. Ao ficar sabendo que elas tinham chegado ali como refugiadas, disse-lhes que dirigia uma produtora e lhes ofereceu uma participação em um documentário sobre a guerra espanhola chamado Órfãos da tempestade, que tratava da acolhida às crianças bascas e galegas na Grã-Bretanha. As luzes, as câmaras, a maquiagem... foi uma experiência de que jamais se esqueceriam. E até lhes pagaram!

Depois disso começaram a se interessar pelos filmes. No povoado em que viviam havia uma sala de cinema escura, cheirando a pipoca rançosa e a desinfetante, e aos domingos, depois de almoçar juntas, iam à sessão da tarde para espantar a umidade e o tédio. Naquela época já estreavam os filmes que ainda levariam muitos anos para chegar à Espanha: Rebeca, Cidadão Kane, Terra de paixões, E o vento levou...

– E vocês tinham que ver – explicava Dolores às atônitas ovelhas – como Scarlett O'Hara arrancava as cortinas das janelas para fazer um vestido com elas...

E ela mesma respondia:

– Claro! Ela não tinha outra coisa...!

No monte as Invernas ficavam sozinhas, mas sentiam-se bem. "Deveríamos ter nascido ovelhas", dizia uma à outra. "Ou vacas", respondia a irmã. E caíam na gargalhada.

De tarde voltavam a descer do monte, mais alegres e falantes, embriagadas de anis. Às vezes entoavam rimas e cançonetas aprendidas no acampamento de Eastleigh, *"Baa, baa, black sheep, have you any wool?"*

E a outra: "Yes, sir, yes, sir, three bags full".

Além de seu interesse por cinema, tinham desenvolvido uma inclinação especial pelos detalhes escabrosos de doenças, mulheres violentadas, assassinatos, crianças queimadas e demais patologias alheias. E falavam disso enquanto desciam o monte, no mesmo trote lento e bamboleante da vaca.

– E você não se lembra... – dizia uma à outra – de quando o filho da mulher da casa de cima arrancou a orelha de um porco?

– Lembro, lembro... Como aqui em Terra Chã os porcos são maiores que as vacas, que medo sentíamos todos! E você não se lembra de quando aquele senhor vizinho de Sanclás se chocou contra a parede e perdeu todos os dentes?

– Você também não tem dentes...

A outra ficava em silêncio.

– E você – dizia suspirando um pouco –, por acaso acha que é a flor da aldeia? Você tem um traseiro bem gordo.

– Você quer dizer a bunda?

– Eu disse o traseiro.

– *Antroido*!

– Não me chame disso, que é feio!

Ambas abaixaram a cabeça.

– Caladas – murmurava uma delas.

– Sim, caladas – murmurava a outra. – Agora acho que devemos ficar caladas.

– Caladas estamos e caladas ficaremos! – declamavam em dueto, justo quando entravam na trilha.

De tarde davam de comer às galinhas, perseguiam cobras, costuravam e preparavam uma sopa de verduras. Jantavam, ouviam rádio, dormiam e eram felizes. Terça-feira era dia de tomar banho, e então, em vez de costurar, desciam até o rio ao entardecer. Domingo não abandonavam a casa nem por um instante, mas limpavam-na primorosamente e trocavam os lençóis.

Às vezes, quando desciam do monte, havia na praça homens amontoando o tojo para fazer esterco, e então avançavam em grandes passadas (uma delas agarrada ao braço da outra), desprezando as gracinhas e as grosserias, linda, gostosa, que se dirigiam unicamente a Dolores.

Ao chegar em casa, nos dias em que isso acontecia, Dolores se punha a preparar o jantar ou ia buscar água no poço. Em compensação, Saladina queimava por dentro. Os músculos do rosto se contraíam; os lábios, antes apertados, escancaravam-se. Revirando os olhos e rindo convulsivamente, uma cascata de risadas, entrava no galpão como um relâmpago.

Tornava a sair com a vista fixa em algum ponto da paisagem, séria, com uma escada ao ombro e o tesourão na mão.

A necessidade de se reprimir havia criado nela o hábito de podar.

Podava a figueira com tal ímpeto que às vezes arrancava várias telhas. Os galhos, os figos, tchá, tchá, as folhas e as telhas voavam pelos ares, e as galinhas corriam para se esconder.

Quando terminava, o chão da horta era um mingau de figos e folhas. Ficava extenuada e entrava na casa curvada sobre si mesma, com o rosto cheio de muco e lágrimas, os olhos inchados de rir e chorar ao mesmo tempo. Sua irmã lhe trazia a garrafa de anis e um copo, e lhe erguia os pés. Depois saía para varrer os galhos e os figos esmagados.

10

A hora mais bela em Terra Chã era quando o sol pairava imóvel, o rio estava tranquilo e as galinhas cacarejavam depois de pôr um ovo.

Terça-feira à tarde. Fora com os tamancos, fora com as meias. Era a hora do banho. Fora com a saia e a calcinha. Fora com o corpete.

Juntas, fazendo movimentos enérgicos e cantando muito alto para espantar o frio, as Invernas entravam no rio bufando como gatas. Uma vez por semana, se fizesse sol, ensaboavam-se da cabeça aos pés.

Esfregavam mutuamente os seios de mamilos eretos, a cintura, as nádegas cheias de celulite e as pernas de carnes abundantes.

Um dia, justamente quando enxaguavam o cabelo jogando água com um caneco, chegou até elas um golpe de vento nauseabundo, um cheiro rançoso de naftalina ou de malha.

Cheirando o ar, uma Inverna disse:

– É o padre.

Em seguida ouviram o que poderia ser o ranger de uma velha carroça. A outra Inverna respondeu:

– Vem cobrar a esmola.

Submergiram ao mesmo tempo na água, deixando apenas a cabeça a descoberto.

A princípio, o padre, que passava arrastando a carroça, não as viu. Mas, ao descobrir a roupa sobre um arbusto, parou e se voltou.

– Filhas de Deus! – exclamou, tapando os olhos com as mãos em concha. – Vocês estão aí. Na água...

Retrocedeu com as pálpebras apertadas até a margem do rio para falar com elas.

– Não saiam, não! – disse ele ao perceber o movimento dos corpos e escondendo-se atrás de um arbusto. – O que fazem dentro do rio?

As Invernas explicaram que só estavam tomando banho. Água e sabão. Será que na Terra Chá as pessoas não tomavam banho? Na Inglaterra não precisavam sair para se lavar, tomavam banho dentro de casa. Cada casa tinha sua banheira.

O padre ouvia, perplexo.

– E os animais também se banham na banheira?

– Mas é idiota... – sussurrou da água uma cabeça.

– O senhor veio pedir a esmola, não é? – gritou a outra cabeça. – Pois saiba que não nos engana; nós não temos que pagá-la. Não vamos à igreja.

Dolores saiu da água e se vestiu a toda a velocidade. Do arbusto, dom Manuel olhava sem querer olhar. Quando ela se voltou, já vestida, a primeira coisa que ele notou foram os cabelos. Eram diferentes dos cabelos das mulheres que ele conhecia da região, não eram crespos nem lisos, mas levemente ondulados. Tinha os olhos grandes, quase verdes, com pestanas grossas, a pele levemente rosada. A cintura fina, as cadeiras largas. E os seios, dos quais não conseguia afastar a vista...

Saiu do seu esconderijo. Disse que não viera cobrar a esmola, mas resolver um pequeno assunto que ultimamente não o deixava viver e que tinha que ver com a velha do monte Bocelo. Inclinou-se para colocar na carroça o que tinha e ficou pensativo. Oh, já não podia mais! A velha era mesmo o diabo. Todo dia ordenando-lhe que subisse para vê-la. E agora tinha metido na cabeça a ideia de recuperar "o papel". Arrumou o açúcar para que não caísse do cone de papel e deu uma olhada no repolho que a padeira lhe havia dado (repolho?).

As Invernas se lembravam da velha?

***

No monte Bocelo, muito perto de Terra Chã, havia um *rueiro*[1] com três ou quatro casas muito pobres, umas choças muito baixinhas, em forma de caixote, teto de palha e chão de terra pisada, em cujo interior não havia nada além de uma lareira com um fogo permanentemente aceso e uns nichos na parede, escuros como a boca de um lobo, com colchões de palha e mantas que faziam as vezes de camas.

Em uma dessas casas – as Invernas se lembravam, como não se lembrariam? – vivia uma velha com cara de raiz, muito pequenina e enrugada, quase uma anã, que cheirava a fumaça e cobertor velho. Estava muito doente, razão pela qual todos os dias, havia muitos anos, dom Manuel subia a cavalo para lhe dar consolo e, se a coisa ficasse feia, a extrema-unção.

Podia estar chovendo canivetes, podia o vale estar envolto na neblina mais terrível que, de manhã cedo, o bom homem montava em seu cavalo, ziguezagueava pelo monte lutando com a encosta e se apresentava na choupana para administrar os santos óleos e lhe sussurrar ao ouvido as palavras celestiais. "Ae, velhinha, já fica com Nosso Senhor."

Mostrando os dentes, a velha sorria um pouco em sinal de agradecimento. Os poucos que lhe restavam eram amarelos e sujos como os dos cavalos.

Nesse dia em que se encontrou com as Invernas no rio, dom Manuel tivera que adiantar a visita. Na primeira hora da manhã, enquanto tomava um *mostillo*[2] na taberna, entrou um camponês

---

[1] Um grupo de casas que forma um conjunto separado das outras do lugar. (N. da T.)
[2] Massa de mosto cozido, normalmente temperada com anis, cravo e canela. (N. da T.)

gritando que a velha do monte já quase não respirava e que o padre tinha que subir para lhe dar a extrema-unção. "Ela vai morrer, oh!", gritava ele do canto do balcão. "Ontem mesmo estive lá." "Estou lhe dizendo que sim, padre, que desta vez vai mesmo!"

Portanto, dom Manuel foi obrigado a beber o *mostillo* de um trago, passar em casa, colocar os santos óleos no bornal e dirigir-se uma vez mais ao monte.

Chovia a cântaros. Antes de chegar, conforme subia o monte e pensando que talvez fosse a última vez, não pôde evitar sentir um pequeno estremecimento de alegria no coração.

Ao chegar, verificou que a velha efetivamente estava muito mal. Emitia um ronco áspero que se confundia com o aguaceiro que caía lá fora.

O padre refletiu com certo remorso que os pensamentos que acabava de ter eram pouco cristãos.

– Velhinha, velhinha... – Como todos os dias, ungiu os olhos, o nariz e os pés, e disse-lhe que Deus já a tinha em sua glória.

Fez-se silêncio. Havia parado de chover, e o céu ficou limpo. Um esplêndido arco-íris o sulcava. O padre pensou que aquilo era um sinal: Deus lhe agradecia por todos aqueles anos de sacrifício.

Ao cabo de um instante, a velha abriu os olhos de repente. Tinha o rosto muito magro e apergaminhado, sulcado por diminutas rugas, abundantes principalmente perto dos olhos muito pequenos e secos, e o nariz afilado como o bico de uma ave. Não lhe restava nada além de uma mecha de cabelos cinzentos. Mirou ao redor e, ao perceber a claridade que entrava através das frestas da choça, suspirou: "Ai, parece que me encontro um pouco melhor".

Ao ouvi-la, o sangue subiu ao rosto do padre, que já havia guardado os óleos e estava a ponto de sair. Ele vociferou:

– Morra, caralho, é para isso que estamos aqui!

Então a velha, meio desconcertada pelas palavras, ergueu-se na cama. Disse:

– Não posso, padre.

– O que é que a senhora não pode?

– Morrer.

– Já sei. O papel. A senhora não pode morrer por causa de um papel que assinou há trinta anos. Mas é tão fácil morrer! As pessoas morrem todos os dias!

A velha pediu ao padre que se aproximasse. Sussurrou-lhe:

– Dizem que as netas de dom Reinaldo estão na aldeia. Que elas voltaram...

– As Invernas – disse dom Manuel.

– Essas – disse a velha. – Traga-as aqui. Tenho que falar com elas para resolver a história do papel. Quando isso estiver resolvido, vou-me embora daqui a toda a velocidade, o senhor vai ver, padre.

A velha tornou a se deitar e se cobriu até as orelhas.

– O senhor é muito feio, padre – ela disse, descobrindo-se um pouco. – E fede.

11

om Manuel terminou de colocar na carroça os alimentos que trazia. Ficou parado com as mãos entrelaçadas e os polegares dando voltas para a frente e para trás.

– A velha disse que quer vê-las. Ficou sabendo que estão aqui e quer lhes pedir algo. Diz que tem a ver com o seu avô, e que enquanto não resolver isso não parte.

– Para onde? – perguntou a cabeça que continuava na água.

O padre deteve os polegares e bufou.

– Ela insiste que há algo a respeito de um papel assinado – disse ele. – Eu prometi que amanhã vocês iriam comigo.

Enquanto esperava a resposta, o padre se dispôs a escolher alguma coisa do que tinha na carroça. Naquela manhã tinha arrecadado uns biscoitos, pão e um jarro de mel, açúcar, um repolho (será que a padeira ia começar agora a sacaneá-lo com verdurinhas?), e babava de prazer. A subida ao monte Bocelo lhe havia aberto o apetite.

– Em todo caso, já é hora de vocês voltarem ao redil – acrescentou ele enfiando um biscoito na boca. – Aquilo tudo nunca teve nada a ver com vocês.

Ergueu a cabeça, e lá estava a outra Inverna. A comunicação que se estabeleceu então entre os três foi absurda: enquanto a Inverna mais bonita se empenhava em dar suas razões, a feia e o padre se examinavam mutuamente em silêncio, como animais assustados.

– O quê? – perguntou a Inverna.

Enquanto pensava na resposta, dom Manuel mastigava o biscoito com a boca aberta, sem deixar de vigiar a outra.

Dom Manuel nem sempre havia sido assim; tudo começou com a morte de sua mãe. As Invernas se lembravam de que antes de deixarem a aldeia, por volta de 1936, ele ainda vivia com ela. Era uma mulher inválida e fofoqueira. Como não saía de casa o dia todo, a mãe queria que o filho lhe contasse tudo o que acontecia no lugar. Depois que o pobre contava com luxo de detalhes os segredos mais íntimos da confissão, coisas como o adultério de certo personagem ou a luxúria de outro, a mãe sempre respondia a mesma coisa: "Bah, e isso é tudo o que você me traz hoje? Vamos ver se algum dia você me conta algo interessante!"

Mas isso fazia parte do passado, aquela mulher estava morta, e agora o padre só exercia uma coisa: o papel de glutão.

– Aquilo – repetiu o padre engolindo o biscoito.

– O que é "aquilo"?

O padre então deixou de sustentar o olhar.

– Eu estava lhes dizendo que já é hora de vocês se juntarem aos da aldeia...

– Está nos chamando de ovelhas? – disseram as Invernas em dueto. O padre abarcou a casa com o olhar: a horta. As galinhas.

A figueira torcida e esparramada sobre a casa. Os galhos invadindo as janelas sem vidraças.

– Vocês estão muito sozinhas aqui...

– Estaríamos mais sozinhas sem a solidão – responderam elas.

– Somos todos ovelhas, ou acabamos por ser. A massa é boa, dá calor e reconforta – disse dom Manuel, voltando a agarrar a trave da carroça. – Amanhã cedo não tragam os animais ao monte; virei pegá-las para irmos visitar a velha.

E assim foi; no dia seguinte, antes de o sol nascer, dom Manuel já estava na casa das Invernas, esperando-as sair.

Ao vê-lo na porta da frente, as Invernas quiseram fugir pela traseira. Não houve jeito. Dom Manuel a havia obstruído com a carroça para impedir que saíssem.

As Invernas não tiveram outro remédio senão subir ao monte Bocelo com ele. Enquanto se preparavam para partir, convidaram-no a esperar na lareira. Mas, ao descer do quarto, dom Manuel não estava onde o haviam deixado. Encontraram-no fuçando no estábulo, dando uma olhada na vaca.

– Está gorda a vaca... – disse ao ouvi-las entrar.

– Ela come – disseram elas.

As Invernas se aproximaram pouco a pouco; uma por um lado, outra pelo outro, empurravam-no dissimuladamente até a saída.

– Como fede isto aqui! – disse ele então sem parar de olhar para os lados.

– O fedor habitual – disseram elas um pouco nervosas, sem deixar de empurrá-lo –, o de todos os estábulos...

Mas o padre franzia o nariz para cheirar o ar, e não parecia querer sair dali.

– O caso é que cheira horrivelmente mal, mas não é cheiro de vaca, nem de esterco, nem de tojo. Cheira a...

Mas antes que acabasse a frase as Invernas já o tinham empurrado para fora ("*wooly bear caterpillar*, você, sim, é que fede a..."). Estavam prontas para subir ao monte, quanto antes melhor, pois tinham muito o que fazer, o que ele estava esperando?

Era a primeira vez que eram obrigadas a interromper sua rotina, e isso as inquietava um pouco. Durante o caminho, o padre quis conversar. Perguntou-lhes como era a Inglaterra.

– Chuvosa e melancólica – disse uma delas.

– Sem graça... – acrescentou a outra olhando para o chão.

Dom Manuel também queria saber se era verdade o que tinha ouvido falar, de que lá os padres podiam se casar. As Invernas responderam que sim, que lá os padres podiam se casar.

Ele não quis perguntar mais nada.

Entraram na choupana baixando a cabeça e andando com cuidado. Encontraram a velha dormindo. Dom Manuel teve que sacudi-la várias vezes.
– Trouxe as Invernas, velhinha.
Cheirava a fumaça. A velha não se alterou. Parecia abatida. O padre a descobriu bruscamente e começou a lhe passar os santos óleos nos pés. Ela tinha os pés muito grandes, rachados e sujos. Afinal a velha cacarejou:
– Quem o senhor disse que trouxe?
– Aqui estão as meninas – gritou dom Manuel. – Já não são tão meninas...
Apoiando-se nos cotovelos, a velha se ergueu para observar as Invernas. Durante um instante fitou-as de alto a baixo com seus olhos pequenos e brilhantes. Limpando o buço com a manga, disse:
– São elas. Preciso do papel.
Abraçadas uma à outra e tremendo um pouco, as Invernas olhavam, surpreendidas. De que papel ela estava falando?
Foi então que a velha falou detalhadamente sobre o papel que havia assinado para seu avô, dom Reinaldo, e que agora a impedia de morrer. Um dia em que ela estava limpando a entrada da cabana, contou, dom Reinaldo passou. Vinha de visitar outro vizinho. "Bom dia, velha, como vamos?", disse-me ele. "Mal", respondi eu. "E por quê?", disse ele. "Tenho tanta fome que nem consigo pensar", disse eu. Então ele ficou a me olhar fixamente e me disse: "Pois a senhora tem cérebro, velhinha". E colocando-se atrás de mim e depois na minha frente, para examiná-lo melhor: "A senhora tem um cérebro como a Catedral de Santiago". E eu, é claro, não entendi. "Quer deixar de passar fome?", disse ele em seguida. "Seria bom", respondi eu. Então ele me propôs algo que eu aceitei de boa vontade: comprar meu

cérebro para investigá-lo. Ele pagaria adiantado, e eu só teria que cedê-lo quando morresse.

Então, fixaram um preço, e ela pôs uma cruz em um papel. Dom Reinaldo lhe pagou, e ela ficou comprometida a entregar (ou melhor, a que alguém extraísse) seu cérebro quando morresse, para que ele pudesse estudá-lo. Porque ele estava estudando, explicara-lhe dom Reinaldo, os sulcos e as diferenças entre o cérebro do homem e o da mulher.

— Mas agora penso de outro modo — acrescentou a velha. — Meu cérebro é a melhor coisa que eu tenho, não quero ir para o outro mundo sem ele. Pode ser que eu precise dele para pensar lá em cima. Imaginem que lá também haja eleições como as que houve em 33. Preciso do papel.

— Ninguém vai tirar o seu cérebro, mulher! — interveio dom Manuel rapidamente. Durante o tempo em que a velha estivera falando, ele estava distraído, com a vista fixa na paisagem. — Dom Reinaldo morreu há muito tempo, e, além do mais, essa história de vender órgãos é proibida por lei.

— Nunca se sabe — ponderou a velha. — Os papéis assinados são traiçoeiros, e um cérebro solto é capaz de qualquer coisa. O senhor sabia, padre, que na verdade em um cérebro há três? Dom Reinaldo também me contou isso...

Ergueu-se mais um pouco.

— Aqui debaixo — disse, apontando um dedo artrítico para baixo do colchão recheado de cascas de milho — estão todas as minhas economias. Não peso muito. Levantem-me os três e peguem-nas. Eu devolvo o dinheiro, e vocês me entregam o papel.

As invernas encolheram os ombros: nem pegariam o dinheiro nem buscariam o papel.

Ao sair da choupana, a primeira coisa que o padre lhes disse foi que aquela história era mentira. A velha estava caduca, e já fazia tempo que estava obcecada por seu cérebro, contando muitas baboseiras.

– Não lhe deem atenção – acrescentou ele. – Um dia ela fala do papel e no dia seguinte fala de outra coisa. – Ficou em silêncio. Desenhava círculos na terra com o pé. – Digam uma coisa, os padres ingleses também têm filhos?

Mas naquela mesma noite as Invernas procuraram o papel entre os objetos do avô. Ao chegar a Terra Chã, haviam passado semanas a xeretar na montanha de restos de roupa, utensílios e livros de ervas e remédios que enchiam o andar de cima da casa. Estava tudo jogado no chão, escovas sem cabo, tabelas rasgadas, um guarda-chuva, caixas cheias de papéis desordenados, como se alguém antes delas também tivesse revirado aquilo. Dos armários e gavetas saíram exércitos de percevejos fugindo da luz, folhas de papel ofício e outros papéis com desenhos de crânios, anotações, além de lençóis e cobertores cheirando a naftalina, uma estufa, uma tina em pandarecos. Mas ali havia tantas coisas que não era questão de procurar em uma única tarde.

Nessa noite, ao ver todos os insetos fugindo da luz, Dolores disse:

– Você se lembra daquele grilo que tínhamos na Inglaterra e que chamávamos de Adolf...?

– Adolf Hitler... Sim, que nojo!

Dolores lembrava. Como não lembraria? Em seguida disse:

– Talvez não seja tão ruim ser ovelha, como disse o padre.

E a outra, tentando abrir uma gaveta:

– Como assim?

– As ovelhas camuflam umas às outras.

E a outra, voltando a forçar o puxador da gaveta:

– Lá vem você com suas charadas. Você me amargura, Dolorciñas. Fale claro.

– Quero dizer... – Dolores estudava agora os cantos daquela gaveta fechada para ajudar a irmã – que já é hora de sair da casa, de nos misturarmos com as pessoas.

Saladina parou com as mãos no ar e ficou rígida.

– E aquilo que aconteceu conosco? – grasnou. – Preciso te lembrar que não podemos andar pelo mundo como se nada...

– Ninguém suspeita nada do que aconteceu conosco. Somos jovens, cruzamos fronteiras, rios, pontes, cidades, falamos inglês, vimos o mar e fizemos cinema. O que vamos fazer aqui, escondidas como os percevejos e fechadas para o mundo, com incríveis segredos em nosso interior, como essa gaveta que não quer abrir?

Tornou a puxar.

A outra Inverna ficou um instante pensativa. Ali estava o medo. Ruídos que brotavam do exterior, da cozinha, do estábulo, de todo um mundo de sons, vozes, ruídos, golpes e animais que pareciam viver trancados na pedra daquela casa. De noite sentiam medo, e tinham a impressão de que alguém arranhava a porta. Mas também era verdade que não estava mal em Terra Chã. A fruta da horta era mais gostosa que nenhuma outra, o silêncio em companhia dos animais no monte lhes parecia revigorante, estavam ambas com uma cara melhor...

Depois de um instante, Saladina disse:

– Se é isso que você quer...

12

A ocasião para ser ovelha e começar a se misturar se apresentou na festa da Virgem, à qual sabiam que nenhum habitante de Terra Chã faltaria. Vestiram roupas floridas, calçaram meias, colocaram os cílios postiços que tinham trazido da Inglaterra e se puseram a caminho. Passaram pela rua principal de braços dados e entraram na igreja. Lá estava dom Manuel falando ao seu rebanho do medo da liberdade, do pernil com brotos de nabo assado em fogo lento e da comunhão dos santos. Poucos o compreendiam, mas as pessoas gostavam das palavras que ele escolhia. Eram reconfortantes e faziam com que se sentissem bem.

No primeiro banco estava sentado um jovem desalinhado, mais alto que baixo. Reconheceram-no imediatamente: era Ramonciño, Ramón, o filho da criada que havia mamado até os sete anos. No segundo estava tio Rosendo, acompanhado pela imperturbável viúva. Um pouco adiante, muito elegante e sorridente, o senhor Tiernoamor.

As Invernas entraram cumprimentando timidamente com a cabeça e sentaram-se em um banco no final da nave, sob o coro. Os paroquianos iam entrando de dois em dois e colocando-se em fila diante delas; ficavam alguns segundos olhando para o vazio, até que afinal se sentavam e deixavam os olhos vagar ao redor, para afinal fixar a vista nelas.

Cochichavam.

Como a igreja estava na penumbra, não haviam percebido que ali, sentado quase junto delas, estava "você já sabe quem", sussurrou uma à outra dando-lhe uma cotovelada, o *caponero*, lembra? Ao ver de perto todos os habitantes de Terra Chã, tornaram a pensar que o tempo tinha parado. Era verdade que havia detalhes que indicavam que já não estavam em 1936, como os cabelos brancos de tio Rosendo, os ombros ligeiramente curvados da viúva, as rugas do rosto do *caponero*, Ramón, que tinha se tornado um moço, mas... não continuava tudo quase igual?

Não era hora de filosofar. Cantaram as canções de sua infância até ficarem roucas. Antes de sair da igreja, dom Manuel rezou um responso e leu em voz alta e para conhecimento geral os nomes dos que não tinham comungado naquela semana: Tiernoamor e tia Esteba. A seguir retiraram a Virgem. Em Terra Chã, a Virgem ficava na capela da casa do padre, e a encarregada de compor a peruca de cachos de cabelo natural e o traje de seda e pérolas era a viúva de Meis. Para isso ela se levantava às cinco da manhã, e não deixava que ninguém a ajudasse.

Terminada a missa e a procissão, houve baile e sarau. Girando sobre si mesmas, as mulheres dançavam *airinhos, muñeiras* e algumas jotas galegas. Ao fundo, a banda vinda de Pontevedra, com o bumbo, a gaita, os pandeiros e o trompete.

As carroças estavam dispostas em círculo em volta do átrio da igreja, vendendo castanhas, pães de trigo, rosquinhas e churros. Também havia vinho, e os moços iam e vinham para beber.

As moças esperavam que as tirassem, e se isso não acontecesse, alguma fazia o papel do homem e se enlaçava à mais próxima. Um homem deu umas palmadas nas nádegas de Dolores, que se voltou e lhe respondeu com uma grosseria.

Quando começou a escurecer, acenderam os candeeiros de carbureto, uma luz amarela e trêmula, que projetava sombras de pesadelo.

Um pouco além da igreja, sob uma barraca, sentada junto a uma mesa, havia uma mulher com as mãos pousadas sobre uma enorme bola colorida de cristal. Era uma velha de pernas compridas e ruge nas faces, de cabelos duros e despenteados como as cerdas de uma escova.

Vivia entocada no monte e só descia durante as romarias, para adivinhar o futuro das pessoas ou, em casos que se contavam, para avisar que o espírito de uma pessoa que ia morrer lhe havia aparecido. Diziam que bastava que ela olhasse alguém e, pelas marcas da pele, pelo sorriso ou pelo cair dos olhos, sabia tudo sobre essa pessoa, por dentro e por fora.

A viúva de Meis e tio Rosendo se aproximaram da barraca de mãos dadas. "Queremos que nos diga o que vai nos acontecer", disseram com voz trêmula. A velha vidente, que se chamava Violeta da Cuqueira, olhou-os de soslaio, sem mostrar muito interesse.

– Violeta da Cuqueira – insistiu a viúva –, queremos que nos leia o futuro. Sabe, se isto ou aquilo, e o que virá, e se...

– O que a viúva quer saber é se... – interrompeu tio Rosendo.

– Cale-se! Ela sabe o que quero dizer!

A vidente os fitou em silêncio, acariciando a bola. Por fim respondeu:

– Vejo duas árvores fortes...

– Sim...? – disseram a viúva e Rosendo ao mesmo tempo.

– Duas árvores fortes, sim, talvez sejam cerejeiras, e novos brotos.

A viúva de Meis soltou uma risadinha nervosa.

– Espere...! – tranquilizou-a Rosendo, pegando-a pelo braço –, espere para ver o que diz a velha...

Violeta da Cuqueira estalou a língua.

– Vejo filhos, mas não sei quantos – prosseguiu.

– Tem certeza? Olhe que este é o meu segundo casamento, e eu já não sou tão jovem.

– Certeza – sentenciou Violeta.

A viúva de Meis abraçou o marido e começou a chorar.

Tio Rosendo, que evidentemente não havia acreditado na história dos filhos, disse:

– E não vê nenhuma desgraça? Diga a verdade, Violeta. Estamos preparados para tudo. Por exemplo, meu exame de revalidação de títulos será aprovado?

Todos na aldeia sabiam que, havia pouco tempo, o governador civil da província de Coruña comunicara aos professores da região que ainda cobravam em *ferrados* que, se quisessem continuar ensinando, teriam que ir a Coruña para revalidar o título. Tio Rosendo tinha começado a estudar – com livros!, contava a todo mundo –, e logo a escola fecharia para que o professor pudesse dedicar todo o tempo ao exame.

A velha Violeta se mexeu no assento. Esboçou uma careta feroz.

– Uma praga... de mariposas, ou talvez de traças, que vai assolar Terra Chá pode causar estragos na sua horta. No entanto, tudo vai acabar passando, e a seiva das árvores se fortalecerá.

Depois de pagar o que a velha lhes pediu, que não era pouco nem muito, a viúva e tio Rosendo se foram, e ninguém soube dizer se tristes ou contentes, porque discutiam muito.

As Invernas, que tinham observado a cena, aproximaram-se, sigilosas. Elas também queriam conhecer o futuro, sua nova vida na aldeia, mas não se atreviam a perguntar.

Violeta da Cuqueira as deixou perambular por ali sem dizer nada. Depois de um bom tempo, quando compreendeu que elas nunca se atreveriam a perguntar, disse:

– Vocês têm um segredo que lhes estrangula a alma como uma jiboia, algo tenebroso... vejo isso nas rugas dos seus olhos.

As Invernas levaram um susto.

– Oh, não! – disse imediatamente Saladina, olhando para os lados, temerosa de que alguém mais tivesse ouvido. – Nós não temos segredos. Somos transparentes como a água.

— Todos nós temos segredos — disse a vidente. Ergueu a vista e fitou Saladina: — Além disso, você... você vai se apaixonar.

Saladina ficou vermelha.

— Apaixonar-se, Saladina? — disse Dolores, com um ataque de riso. — Mas ela nunca teve um pretendente na vida...

— E o que é que você sabe?! — interrompeu-a a irmã, dando-lhe uma cotovelada. — Deixe que ela fale!

— Não vou dizer mais nada a esse respeito, estou cansada de fofocas — disse a vidente, e, erguendo um dedo retorcido, apontou para Dolores: — Só vou acrescentar que seu sonho vai se cumprir.

— Meu sonho? — perguntou Dolores.

— Tem a ver com alguma coisa... — A velha Violeta baixou os olhos. Durante alguns segundos, revirou o fundo do cérebro. — Tem a ver com o mundo do espetáculo; você dança?

Saladina começou a se retorcer de riso; agora era a vez dela.

Dolores disse que não, que não dançava.

— Você é atriz?

Dolores sentiu o sangue gelar.

— Eu... sim... Não, mas gosto de cinema. Nós duas gostamos. Isso sim!

— Pois então é isso. O seu sonho tem a ver com o cinema.

Violeta da Cuqueira não quis dizer mais nada. Também não lhes cobrou nada, apesar de as irmãs, contentes com as informações recebidas, já terem aberto o porta-moedas para lhe pagar. A velha se levantou, envolveu-se na capa e se foi.

Através das barracas de limonada e das pilhas de rosquinhas, evitando as pessoas e oculta nas sombras, as Invernas a viram esfumar-se.

Com os dedos encurvados no ar, parecia uma bruxa.

"Venham, senhores, venham ver o burro que lê jornal! A grande estrela da Cultura, aqui em pessoa!" Um pouco além do pátio havia uma barraca na qual uns feirantes – os mesmos que anos atrás tinham trazido a Mulher Barbada – haviam posto um burro que sabia ler. Todos e cada um dos habitantes de Terra Chã passavam por ali, depois de pagar três pesos, para ver a proeza.

As Invernas olhavam, atônitas. Lembraram que um dia, na Inglaterra, tinham visto um urso passeando pela rua com seu dono, com uma corrente atada a uma argola que lhe perfurava o nariz. Mas isto era mil vezes mais fascinante, porque o animal tinha conhecimentos. Já tinham preparado o dinheiro para entrar – já anteviam o prazer de contar depois, quando fossem de visita a Coruña, que em Terra Chã havia burros que sabiam ler – quando lhes ocorreu perguntar às pessoas que saíam pela porta traseira se aquela história do burro era verdadeira. Da barraca estava saindo um jovem que por acaso era Ramonciño, o filho de Esperanza.

A mesma cabeça grande e as orelhas diminutas como cerejas. Pelo que tinham entendido, assim que pudera ele deixara a aldeia. Agora era marinheiro, e passava longas temporadas fora. Vinha a Terra Chã apenas durante as romarias.

Ramón ficou admirando Dolores; em seguida disse-lhe que se lembrava dela, e que pouco tempo antes a tinha visto em Ribeira.

– Em Ribeira? – disse esta um pouco sobressaltada. – Eu estive pouco tempo em Ribeira. Sempre vivi com minha irmã em Coruña. Tínhamos um ateliê na Calle Real. Não. Não nos vemos desde que éramos crianças, você se lembra de que jogávamos juntos?

Ramón usava bigode e tinha os olhos grandes e inquietos.

– Você se casou com Tomás e foi viver em Ribeira – disse ele sem responder à pergunta. – Eu fui ao casamento. Nunca me esqueceria da sua cara de susto.

As Invernas se entreolharam pelo rabo dos olhos.

– Jesus! – disse imediatamente Saladina –, que barbaridade! Você deve estar confundindo minha irmã com outra. Ela só esteve em Ribeira de passagem, acaba de dizer. Nós gostamos mais de Coruña...

– Faz muito tempo que não vejo Tomás – continuou Ramonciño, pensativo. – Quando voltar tenho que ir visitá-lo. O que aconteceu? Você foi embora de lá? Tomás tem fama de ser insuportável.

Tornou a irromper a voz do feirante: "Senhoras e senhores, entrem e vejam, últimas entradas para ver e ouvir o burro que lê!" Ficaram todos em silêncio.

– Bom... – disse Dolores – acho que vamos entrar para ver o burro.

– Sim – corroborou Saladina –, vamos ver essa proeza da natureza.

– É claro – disse Ramón sem deixar de olhar Dolores de cima a baixo –, você me perguntou se é verdade que o burro lê. Pois bem: sim. Ele lê maravilhosamente. E além de tudo é médico e farmacêutico.

Sem pensar duas vezes, as Invernas pagaram os três pesos e entraram na barraca. Ficaram um momento apoiadas contra a parede, assimilando a conversa que acabavam de manter.

O burro estava do outro lado, muito quieto, de óculos e com um chapéu de palha do qual despontavam umas florzinhas de plástico. Diante dele, um jornal aberto. Ficaram esperando um pouco, e nada aconteceu. Mas quando já começavam a pensar em sair e reclamar seu dinheiro, ouviram como o burro aclarava a voz (cacarejou, mais galinha que burro) e em seguida recitava alto um anúncio do jornal:

"Solução Pautauberge. O remédio mais eficaz
para curar as doenças do peito, as tosses recentes e antigas
e as bronquites crônicas."

Tratava-se da voz mais solene e aveludada que já tinham ouvido. Quando ele dizia "bronquites crônicas", não parecia um médico, como lhes tinham dito, mas um bispo. O coração de Saladina saltava no peito. Quando o burro terminou de ler, ela se aproximou dele. Inclinando-se para a frente, em um ato de coragem, pois não costumava dirigir-se a ninguém que não conhecesse de antemão – e menos ainda a um burro –, sussurrou:

– Olá, burrinho. Sou Sala, Saladina, costureira, e estou encantada em conhecê-lo. Apreciei muito a sua leitura, e gostaria de ouvi-lo com mais frequência.

O burro se remexeu no assento. Ergueu a cabeça e, através dos óculos, fitou a tonta da Saladina. Seus olhos eram cristalinos e saltados como os de uma pescadinha.

– Nem disfarçado de burro fico com você, sua feia – disse a mesma voz aveludada que tinha lido o jornal.

Saladina ficou um instante parada e sorridente, como se a tivessem secado, sem saber o que fazer.

Ao sair da barraca, teve que se agarrar ao braço da irmã para não cair. Disse que queria voltar para casa.

Naquele momento foram interrompidas por um jovem muito excitado. Estava interessado em entrar na barraca, e lhes perguntou se era verdade que o burro lia. Tirando forças da fraqueza, Saladina se adiantou dois passos para responder:

– Ele lê maravilhosamente. Até as frases mais complicadas. E é padre ou farmacêutico.

Apesar de as desagradáveis palavras do burro pesarem na cabeça de Saladina como a pior das humilhações, sua irmã, que não tinha compreendido bem o que acontecera, convenceu-a a não ir embora. As Invernas passaram o resto da romaria indo de grupo em grupo para se dar a conhecer.

Ao ouvi-las trocar algumas palavras em uma língua que não compreendiam, perguntaram-lhes o que era aquilo que estavam falando. As Invernas disseram que era inglês, mas os habitantes de Terra Chã não conseguiam acreditar. Um inglês falava inglês; um francês, francês; e um português, português. Não conseguiam entender que elas, que não eram inglesas, falassem inglês.

Também tornaram a lhes perguntar se era verdade que lá na Inglaterra os padres podiam se casar. As Invernas responderam que sim, porque eram protestantes.

Dom Manuel, o padre, que também estava muito interessado na conversa, aproximou-se e perguntou:

– E é verdade que os protestantes têm rabo?

As Invernas responderam que sim. Havia protestantes com rabo e catedrais lindíssimas na Inglaterra.

– E professores? Há *maestros de ferrado* nesse país ou todos já revalidaram o título? – interveio tio Rosendo.

As Invernas responderam que não sabiam, mas imaginavam que lá todos fossem professores com muito estudo e títulos, porque na Inglaterra não se faziam as coisas pela metade. Ao ouvir isso, Rosendo sentiu que o medo lhe subia pelas pernas.

Enquanto um homem se aproximava de Dolores e lhe perguntava se podia convidá-la para comer uns churros ou talvez tirá-la para dançar, e que não, muito obrigada, não tinha fome nem sede, nem vontade de dançar, ela viu que a irmã, em certo momento, escapava da multidão e penetrava na escuridão do átrio aos trambolhões, até se apoiar contra a parede da igreja. Alguns minutos depois o protético, o senhor Tiernoamor, o único homem que mostrara interesse nela em toda a noite, aproximou-se. Enquanto ele falava, Saladina baixava a cabeça. O que estariam comentando?

No caminho, quando já estavam voltando para casa, Saladina tornou a sentir a aguilhoada da humilhação: uns moços se aproximaram de Dolores dizendo gracinhas e passando na sua frente como se ela não existisse. E Dolores, apesar de se sentir envaidecida, para não desgostar a irmã (que ninguém tinha convidado para dançar a noite toda), continuou andando como se não tivesse ouvido nada. Mas enquanto passavam pelas últimas casas, notou que o sangue subia ao rosto de Saladina, e que, perto das macieiras, ela se entregara a um choro sem lágrimas.

– Por que você está chorando, mulher? – perguntou Dolores.
– Se esses homens não prestaram atenção em você é porque você não serve para eles. É verdade! Quem devia chorar sou eu. Olhe, fiquei preocupada, você acha que Ramonciño sabe alguma coisa do que aconteceu?

– É por causa dos dentes – soluçou Saladina, ignorando a pergunta. Agora as lágrimas lhe rolavam pelas faces, e ela as secava com o ombro. – Tudo o que me acontece é por causa dos dentes. Eles percebem que são falsos, e isso lhes dá nojo.

– Que dentes que nada, caramba!
– Dá nojo, estou dizendo! Sou uma rã!

— Você é mil vezes melhor que uma rã, e só precisa esperar a sua oportunidade. Você ouviu o que Violeta da Cuqueira disse, vai se apaixonar logo.

Esse último comentário, que só tinha a intenção de sossegar os ânimos, foi uma autêntica ofensa a sua tristeza; os olhos de Saladina perderam o foco e ela começou a ofegar.

Aos trancos, acelerados pela humilhação, com as mãos suadas e o corpo rígido, ela conseguiu chegar em casa. Uma vez ali, foi direto para o galpão. Saiu com a tesoura e a escada, subiu e, à luz da lua, começou a podar os galhos da figueira.

Tchá, tchá.

Não desceu da escada até que não houvesse mais galhos para podar.

— Pronto... — consolou-a a irmã tomando-a pelo braço para levá-la para dentro de casa como se fosse uma criança — agora vamos dormir.

14

Saladina estava tão extenuada que se deixou levar. A irmã lhe tirou o vestido e lhe pôs a camisola. Desatou-lhe a trança, tirou-lhe a dentadura e a pôs em um copo de água, enfiou-a na cama, cobriu-a carinhosamente e lhe contou a história do louco que chamavam de Camión de Taragoña, que corria de um lado para outro de tanga.

Quando já parecia que ela ia adormecer, a cabeça de cabelos revoltos surgiu por entre os lençóis. Saladina esticou o braço, pegou a dentadura e a pôs, ploc.

E disse, fungando:

– E aí...? Gostou de ser ovelha?

Dolores encolheu os ombros. Acostumada com as ironias da irmã, não se surpreendeu muito com a pergunta.

Saladina pulou da cama e ficou de quatro.

– *Baa baa black sheep, have you any wool?* Ovelhas é o que eles são!

– Você ainda está nervosa, Sala, calma...

– E você percebeu, Dolorciñas, que ninguém quer falar de nosso avô?

Dolores não respondeu.

– Quando a gente puxa o assunto, eles ficam mudos e nervosos. E depois ainda há essa história do papel da velha. Você acha que é verdade que o avô comprou o cérebro dela?

Dolores não soube o que responder; abriu a boca, mas ficou com aquela cara de quem vai dizer alguma coisa e se interrompe. Saladina se ergueu e sentou-se na cama. Disse:

– E esse apelido que nos puseram, *as Invernas*, veja só...

– Em todos os povoados do mundo há apelidos que escondem histórias – ponderou a irmã. – É lógico...

– Sim, é lógico.

– Mas *o que aconteceu conosco...*

Ouviu-se um ruído vindo do estábulo. Dolores abriu o alçapão e deu uma olhada. Ficou um instante com a cabeça pendurada pelo buraco, olhando e escutando atentamente. Depois disse:

– É só a Greta, os piolhos a estão comendo.

Calaram-se. Os grilos começaram a cantar. O rosto de Saladina estava suado e brilhante. Ela estava muito nervosa. De repente, disse:

– Conversei com o senhor Tiernoamor...

– Eu vi.

A garganta de Saladina emitiu um ruído parecido ao de um cano quebrado.

– Você viu?

– Vi.

– Ah... Escuta uma coisa, Dólor... e se eu colocar dentes novos?

Dolores lhe dirigiu um olhar prolongado e penetrante. Depois começou lentamente a enfiar o lençol por baixo do colchão. Sentada perto da irmã, sentia o calor embriagador e amigo que seu corpo exalava. O que sentia por ela não era amor. Afeto, talvez ternura. Ora, que bobagem estava dizendo, como não ia amá-la? Seus acessos de mau gênio, seus grunhidos e seus gritos estridentes a exasperavam, mas ao mesmo tempo era um presente da vida ter alguém com quem rir e falar todo dia. Saladina precisava dela quase como de uma mãe, e Dolores dependia dessa necessidade. *Precisava* dessa necessidade. Era simples assim.

Não tornaria a confundir seus sentimentos: nunca mais. Uma vez tinha sido suficiente.

Com um calafrio de inquietude, lembrou-se daquela noite, dois ou três dias depois de chegarem a Terra Chã. Tinham acabado de se deitar. Na hora em que o céu se coalha de cores e as estrelas palpitam. Um instinto animal e quase bíblico as fizera sentir que precisavam se entender. A natureza daquele instinto era parecida à da saudade: arrancaram as camisolas com violência, afastaram a mesa de cabeceira, juntaram as caminhas de ferro e se fundiram num abraço.

Conheceram-se uma única vez.

Sob o crucifixo e a foto de um Clark Gable sorridente, os colchões recheados de cascas de milho rangeram.

No dia seguinte ficaram envergonhadas. Desculparam-se. "Perdoe-me." "Não, perdoe-me você." "Perdoe-nos, Clark." Não tornaram a se falar até cair a noite do dia seguinte.

Aquilo nunca mais tornaria a ocorrer.

Agora Saladina esperava a resposta. Além da expressão crispada que tinha quando estava sozinha, quando costurava ou quando jogava a ração às galinhas e achava que ninguém a observava, tinha outra de espera atenta, em que apertava os lábios fazendo um ruído asqueroso, com os dentes postiços de cima presos entre a língua e o palato. Era essa a expressão que tinha naquele instante.

– Você disse dentes novos?

O que sentia por ela não era amor, era medo. Porque o medo às vezes adota fórmulas caprichosas: é um carinho monstruoso. Como naquela noite. O medo confunde. O pior acaba de acontecer, e o medo aturde. Dolores precisava das manias da irmã, de sua disciplina ascética, de sua maneira de estar no mundo, entre a loucura e o vazio: em Saladina ela encontrava uma mistura de caos e ordem que a fascinava.

No estábulo, a vaca Greta emitiu um longo mugido.

Com tantas novidades, ninguém se lembrara de ordenhá-la.

15

Mais ou menos na mesma hora o senhor Tiernoamor entrava em seu consultório. Sua casa ficava atrás da aldeia, escondida em meio à folhagem do matagal. Chegava-se a ela por um caminho flanqueado de castanheiras, que no fim se abria para um edifício de pedra comida pelo musgo e o silêncio. No andar de cima ficava o consultório, um aposento amplo e bem ventilado que fazia as vezes de laboratório.

Acendeu a luz, e instantaneamente apoderou-se dele uma sensação de prazer, a percepção gratificante de que aquele era o seu espaço, seu ninho quente, seu lar. Como toda noite, começou a fazer o inventário e a limpeza do material. Além disso, queria ter certeza de que tinha todas as peças que mentalmente havia escolhido para a Inverna.

A Inverna Saladina.

Perto da cadeira giratória em que se sentavam os pacientes havia uma mesa comprida com gavetas de vários tamanhos. De uma delas tirou a escova, a tigela, a lima, a cola e o martelo. De outra, um pouco maior, extraiu lentamente as espátulas, os calibradores e as próteses. Essa era sempre a primeira coisa que fazia; gostava de manter a mesa abarrotada de coisas: os objetos mitigavam o vazio, faziam com que se sentisse bem, porque no fundo sabia que jamais aprenderia a viver sozinho. Dispôs as peças lentamente sobre o tampo da mesa e as contou. Depois ficou na ponta dos pés para se olhar no espelho pendurado na parede. Moveu a cabeça, e uma mecha de cabelo se soltou. Esboçou um meio sorriso e, fazendo uma careta que jamais teria feito na frente de ninguém, nem sequer diante do espelho, disse a si mesmo que sim, quase todas estavam ali.

Quando jovem, Tiernoamor havia sido militante da Frente Popular, e tinha sonhado repartir as riquezas e transformar o mundo. Mas logo que começou a guerra, depois de ser preso e torturado, compreendeu que aquele ideal era impossível e que não valia a pena enredar-se em uma batalha que de qualquer modo ia perder. Jurou nunca mais se reunir com ninguém que tivesse interesses políticos, e refugiou-se no trabalho.

Seu pai havia sido um bom mecânico, que ensinara ao filho tudo o que ele precisava saber a respeito do ofício. Mas Tiernoamor já desde menino mostrava um estranho interesse pelas dentaduras. Conhecia todas e cada uma das bocas dos habitantes de Terra Chã: fossas nas quais despontavam afiados dentes de crocodilo, colinas separadas por vales e coroadas por dentes de ouro, grutas insondáveis e podres, pontes fixas e pênseis, cavernas como abismos com cascalhos e seixos que emitiam baforadas pútridas. Logo se deu conta de que naquelas bocas desdentadas estava o seu futuro.

Então, um dia em que ajudava o pai a consertar o motor de um carro, ocorreu-lhe unir seus conhecimentos de mecânica a seu interesse pelas bocas alheias.

Pouco depois começou a guerra, e ele foi preso; viajou em uma diligência com um companheiro moribundo que lhe pediu o favor de levar uma carta de amor para sua esposa. Em troca, disse ele, poderia ficar com seu dente de ouro quando ele morresse, pois não tinha mais nada para lhe oferecer. Tiernoamor nunca pensara que seria capaz de arrancar os dentes de ninguém, menos ainda de um companheiro da Frente, mas quando o pobre rapaz faleceu, pegou uma pinça e lhe arrancou, uma por uma, as peças, que depois guardou no bolso.

Ao voltar a Terra Chã, depois de entregar a carta, começou sua nova vida: enquanto seus companheiros, agora transformados em maquis, percorriam os montes da Galícia armados de fuzis e navalhas, ele se dedicava a recompor aquela dentadura que havia conservado em um copo de leite. Jamais contou a ninguém de onde havia tirado os dentes. Enquanto isso, continuava observando a boca das pessoas e aprendendo tudo o que podia sobre a mastigação e a deglutição.

Durante a quermesse da Virgem, Tiernoamor e Saladina haviam conversado bastante. Assim que a viu, notou que ela usava uma dentadura, e apesar de não lhe ter feito nenhum comentário direto, para não lhe ferir a sensibilidade, contou-lhe que guardava em casa peças branquíssimas como pérolas do Japão – dentes fabricados por ele mesmo, precisou – para compor dentaduras a qualquer momento.

A princípio, Saladina achou que aquela ideia de colocar dentes novos era uma frivolidade. Depois, pensando um pouco mais, percebeu que havia muita gente em Terra Chã que havia feito isso. A fama e a destreza do senhor Tiernoamor eram tamanhas que na aldeia e nos arredores virou moda arrancar os dentes para pôr uma dentadura postiça.

Dentes novos como pérolas do Japão, explicava ela à irmã com os olhos muito abertos e brilhantes. Dentes novos, Dólor. Não parece uma boa ideia? O que você acha?

Dolores a fitava sem pestanejar. Fazia tempo que não via a irmã tão interessada. Pouco a pouco, a vida lhe fora arrancando as ilusões, e, desde que tinham voltado da Inglaterra, quase não se divertia com nada. Um brilhozinho irônico iluminou seus olhos.

– Ponha os dentes – disse então Dolores.

– Tem certeza?

Dolores sempre tivera certeza de que a insatisfação da irmã tinha origem naquela carência, na desgraça de ter perdido os dentes quando era ainda menina, quase uma criança.

– Não tenha dúvida.

16

Quando Saladina entrou no consultório, no dia seguinte, encontrou o protético com uma lupa na mão esquerda e a lima na direita. A tarefa de polir os dentes para torná-los iguais exigia concentração e paciência beneditinas, e por isso não a ouviu entrar.

Também não sentiu sua presença até que ela lhe tocou o braço. Tiernoamor deixou um dos calibradores cair no chão.

– Inverna! – disse ele. – Não a esperava tão rápido.

Saladina ficou muda.

– Sabia que você acabaria vindo, todo mundo faz isso, mas tão rápido...!

Ela assentiu timidamente. À luz do dia, Tiernoamor era muito mais atraente que quando o vira na quermesse: não era muito alto, arrumava-se bem, tinha a pele morena, feições musculosas, cabelo ondulado. Penteava-se com gomalina, a risca de lado, achatando o cabelo contra o crânio. Cheirava levemente a jasmim, ou seria rosa? Os botões da camisa abertos mostravam parte do tórax. Em toda a sua pessoa havia algo absorto e misterioso, que fez com que Saladina retrocedesse um pouco e ficasse à espera de que ele lhe desse algum tipo de instrução.

– Não se apresse, mulher. Eu lhe disse que quase todos na aldeia têm. Aquele pão da guerra recheado de pedras fez muito estrago. Sente-se.

Fez com que ela se sentasse na cadeira giratória.

– Já estava selecionando as peças para você. Abra a boca – disse ele.

Saladina abriu a boca.

– Tire isso.

Saladina fechou a boca.

– Não consigo – disse ela. – Tenho vergonha de que me vejam sem ela. Pareço uma rã.

Tiernoamor aproveitou o fato de ela estar falando para lhe enfiar a pinça na boca; tirou-lhe a dentadura pela raiz. Ergueu-a até que ela ficasse à altura dos olhos e observou-a atentamente. Ela instintivamente levou a mão à face dolorida.

– Que trabalho malfeito fazem por aí! Acham que é só deixá-las brancas e basta – disse ele. – Não têm o menor respeito pelo osso. O osso é o princípio das coisas, é o amor, a essência da vida. É preciso raspar, raspar até chegar ao osso...

Saladina ouvia, embevecida.

– Onde você a comprou? Dizem que vocês estiveram na Inglaterra... Não se preocupe. Vou deixar a sua boca como Deus manda. Você terá que vir durante trinta e dois dias, o número de peças que temos, dezesseis em cada maxilar: oito incisivos, que servem para cortar os alimentos, quatro caninos para perfurar, oito pré-molares para moer e doze molares para triturar...

A Inverna assentiu com a cabeça.

– É incômodo porque tenho que introduzir dente por dente, mas vale a pena. Imagine que tem gente que, tendo os próprios dentes em bom estado, decidiu trocá-los todos por uma das minhas dentaduras.

– Ouvi falar... – disse a Inverna com presteza. – Mas é estranho que um homem como você, que sabe fazer essas maravilhas, ainda use a mesma dentadura com que nasceu...

– Há muito o que dizer a respeito disso. Mas vamos ao que interessa: é evidente que você precisa de dentes novos. Amanhã pode...

– Minha irmã perguntou... – tornou a interromper ela – de que são feitos...

O senhor Tiernoamor já tinha a resposta preparada; na verdade, era a mesma que dava a todos os que haviam feito dentaduras antes:

– Um amigo meu traz o material: titânio. Não oxida. Não estraga. É extraído da areia da praia. Aqui na Galícia há muito titânio.

– Ah...

O protético deu a visita por terminada e continuou seu trabalho de polir as peças. Quando Saladina já estava saindo, ele disse:

– Eu me lembro de quando você era uma garotinha... Você era muito tímida. Era muito bonita. – Ergueu a vista e com a mão afastou um cacho com gomalina do rosto. – E continua sendo. Sempre achei que por trás dessa timidez havia alguma coisa, algo que a torna especial e diferente do resto das moças.

Saladina se sobressaltou. Não havia nada em seu rosto suado ou em seus traços ossudos que indicasse que o comentário a tinha afetado, mas por dentro ela fervia. Sentia-se deliciosamente selvagem, ela, a chata da Saladina. O que estava acontecendo? Pela primeira vez na vida alguém havia descoberto a verdade, a sua verdade.

Mas logo depois pensou que talvez o protético a tivesse confundido com sua irmã...

Não conseguiu abrir a boca. As palavras estavam ali, mas a boca se negava a se abrir.

– Além disso – continuou o protético –, acho que seu avô era uma pessoa incrível, um homem inteligente, que só queria aprender. Ele me levava figos e ficava muitas tardes conversando comigo... Aqueles figos eram deliciosos! Vocês continuam tendo aquela figueira? – Tiernoamor balançou a cabeça negativamente. – Não, ele não merecia o que aconteceu...

Saladina não entendeu.

– Meu avô? – gaguejou. – O que aconteceu com ele?

– Ele era um bom homem...

Tiernoamor inclinou-se sobre a mesa e começou a limar um dente.

Muito excitada, Saladina então explicou o que a velha do monte lhes havia contado:

– Ela afirma que meu avô a olhou fixamente e lhe disse: "Velha, a senhora tem um cérebro como a Catedral de Santiago", foi assim que ele falou. E depois lhe propôs algo que ela aceitou de bom grado: compraria o seu cérebro. Ele pagaria para investigá-lo, e a mulher só precisava entregá-lo quando morresse. A velha aceitou. Fixaram um preço, e ela colocou uma cruz num papel. Meu avô lhe pagou, e ela se comprometeu a entregar o cérebro quando morresse, para que meu avô pudesse estudá-lo. O que você acha?

O senhor Tiernoamor continuava a limpar a peça.

– Você conhecia essa história? – perguntou Saladina.

– Essa história vive na aldeia – respondeu o protético depois de um instante. – Todo mundo ouviu falar dela, no prado cuidando das vacas, assando o pão no forno, na taberna, na porta do cemitério ou no *cruceiro*...[1] e todo mundo a conta. Dizem que os contratos estão em uma caixa de madeira. A história podia ter sido esquecida ou ter ficado no fundo do baú, porque agora a velha deu para dizer que não pode morrer. Não lhe dê muita importância!

O protético se calou de repente.

– Agora tenho que continuar trabalhando – disse ele. – Amanhã às dez a espero para colocar o primeiro dente.

---

[1] Cruz de pedra normalmente erguida nas encruzilhadas dos caminhos ou no átrio das igrejas. Existem mais de 10.000 delas na Galícia, mas sua origem é desconhecida e seu significado ainda está em discussão. (N. da T.)

Saladina assentiu, envergonhada.
– Inverna... me esqueci de dizer que... para a visita seguinte...
Saladina arrumou a saia e alisou o cabelo.
– Sim...?
Durante alguns segundos só se ouviu o som da lima. Enquanto esperava a resposta, a Inverna baixou os olhos para o chão. Então ela reparou que por baixo da calça do protético se via a ponta de um sapato. Um sapato vermelho de mulher.
– Não coma alho nem cebola.

17

olores apoiava uma das têmporas no ventre da vaca e fixava os olhos verdes na verde lonjura dos prados quando viu a irmã chegar, grande, pequena, grande e muito grande, avançando por entre o milharal.

Saladina entrou em casa como uma faísca, demonstrando grande excitação. Dolores terminou a ordenha e seguiu-a com o balde.

– É verdade! – disse Saladina.

Dolores deixou o leite na cozinha e se apressou em atender a irmã. Ela estava radiante, com as faces enrubescidas pela corrida. Pegou a bolsa e tirou-lhe o xale, ajudou-a a vestir o avental e se ajoelhou para lhe calçar os chinelos. Acompanhou-a até a cozinha.

– O quê, menina?

– A história do nosso avô. Ele comprava cérebros, todo mundo sabe disso. Não é só a velha de Bocelo. A aldeia toda lhe vendeu o seu.

Dolores ligou a Singer. Enquanto costurava, ouvia, entre perplexa e incrédula.

– Os contratos estão em uma caixa de madeira. O protético me contou. – Saladina começou a olhar furiosamente para todos os lados, com as mãos erguidas. – Vamos procurá-los.

Dolores disse que já os haviam procurado, e que aquela história dos cérebros era completamente descabida, uma história de velha caduca. O próprio padre lhe havia dito isso.

– É porque o padre também vendeu o seu! – gritou a irmã batendo os pés no chão. – O dele foi o mais caro!

Saladina já estava procurando. Olhou na cozinha, na saleta e no estábulo. Depois subiu ao andar de cima e se pôs a forçar o puxador da gaveta fechada que ainda não tinham conseguido abrir. Dentro dela soava *plonc, plonc*.

A Inverna Dolores continuava costurando no andar de baixo. *Tchuc, tchuc.*

Plonc, plonc.

Até que afinal Dolores se levantou e se ofereceu para ajudar Saladina.

Deixaram a casa de pernas para o ar e não encontraram nada. De tarde, sentadas diante da Singer, começaram a duvidar das palavras de Tiernoamor. Muitas vezes as pessoas dos povoados inventavam, confundiam-se.

No dia seguinte, Saladina voltou ao consultório para colocar a primeira peça. Nesse dia ela havia levantado cedo, antes mesmo que a vaca Greta mugisse no estábulo. Sentada à mesa da cozinha com papel e lápis, a ponta da língua de fora, dispôs-se a elaborar uma lista com todos os nomes das peças bucais que se lembrava de ter ouvido o senhor Tiernoamor mencionar. De um lado, na coluna da esquerda, estava o dente, e de outro, na coluna da direita, a sua função: incisivo – *cortar*; canino – *perfurar*; e pré-molar – *moer*.

Em seguida, subiu a escada para colher uns figos. Os mais doces estavam muito alto, e ela teve que ficar na ponta dos pés no último degrau para alcançá-los. Dolores a olhava lá de baixo, enquanto jogava a ração para as galinhas. Saladina tropeçou e ficou pendurada em um galho. Dolores deixou cair o prato com a ração. Por fim subiu a escada e resgatou a irmã.

– Olha, toda a ração caiu no chão... – disse ela uma vez embaixo. – Um dia desses você acaba comigo. E tudo isso para levar uns figos para esse dentista charlatão...

Mas não eram apenas as visitas de Saladina ao consultório do senhor Tiernoamor. Com o tempo, as Invernas foram abandonando sua rotina extenuante para se entregar a novos costumes. Começaram por cumprimentar amistosamente quando as paravam a caminho do monte:

– E então, o que estão fazendo? Vão para o monte?

E elas:

– Vamos, e você?

Logo aprenderam também que cada aldeia tem sua idiossincrasia, sua maneira de ser, suas leis de pertencimento, e que a companhia tem um preço: ou se adaptavam aos costumes da comunidade, com tudo o que pressupunha ir e estar em certos lugares, ir e estar em certos lugares *sempre,* ou ficariam sozinhas.

Para fazer parte da comunidade de Terra Chã, era preciso ir todas as tardes à taberna, um antro que cheirava a mofo e a solidão, de teto baixo, dirigido por um homem ruivo e sua mulher, sempre debruçados num balcão de madeira apodrecida. Mas não bastava passar por ali de vez em quando. Às seis da tarde, ou se estava dentro ou fora da taberna.

Entre tiras pegajosas que pendiam da parede para atrair as moscas, era ali que agora as pessoas se reuniam para jogar cartas, beber, ver televisão e contar histórias.

Sobre o balcão havia um candeeiro de carbureto, e na parede um calendário com uma foto desbotada do papa. O ruivo, ligeiramente inclinado para a frente, prestava atenção nas conversas. Com os olhos na televisão, sua mulher enxaguava as garrafas de soda vazias em um balde, fazendo caretas e gestos para si mesma.

Só existiam dois aparelhos de televisão na aldeia: um era do padre (apesar de ele negar e guardá-lo escondido), e o outro estava na taberna – uma lata-velha que transmitia uma imagem indefinida em preto e branco, mas suficiente para atrair boa parte da clientela.

Tio Rosendo costumava ficar em uma mesa próxima, sentado sobre uma barrica ou um caixote. Chegava por volta das quatro, quando terminavam suas aulas na escola, e começava a pedir bebida. Pouco a pouco suas faces iam ficando rosadas, o nariz ficava vermelho e os olhos brilhantes. Começava a recitar poesia ou a dizer bobagens. Às sete em ponto, a barrica que o sustinha caía para trás com um forte estrondo. Ele ficava no chão, estendido como um sapo.

Então o taberneiro avisava a viúva de Meis.

Todas as tardes era a mesma coisa.

Pum, e o taberneiro chamava a viúva, que na verdade já não era viúva.

A mulher vinha com a carroça carregada de capim recém-cortado, puxada pela vaca.

– Estou lhes dizendo que eu mesmo a vi voar ontem à noite – gaguejava tio Rosendo referindo-se a ela, ao vê-la entrar pela porta. – Sobre a cama matrimonial.

– O que você tem que fazer é não beber! – gritava-lhe Tristán da outra mesa. – Ah, se eu tivesse tempo livre como você... Se minhas aves não me prendessem a horários tão rígidos... Ah, a quantidade de coisas que eu faria! E depois, você não vê que é o vinho que te faz ver coisas?

E tio Rosendo, muito sério:

– Isso não é verdade; só vemos o que já sabemos.

E o outro, que jamais se arvoraria em filosofias tão profundas:

– Você não deveria beber, já já vai ter que fazer o seu exame. Já estudou todas as lições?

Por um momento, Rosendo ficava apalermado. Pensava na cara de percevejo de sua mulher. Pensava que o pior que podia lhe acontecer no mundo era ser reprovado no exame, não se atrever a voltar a Terra Chã e ter que dormir em uma pensão ordinária, com cheiro de toalha usada.

Mas depois de um instante conseguia sair de sua fantasia. Dizia:
– Uns fazem, e alguns dizem o que os outros têm de fazer. Você, Tristán, pertence ao segundo grupo. Estou te dizendo que vi a viúva voar como uma bruxa.

E lá da outra ponta da taberna:
– Homem, tenha mais respeito pela sua mulher!

Mas tio Rosendo não tinha respeito algum por sua mulher. Estava convencido de que a viúva gostava que ele se embebedasse todas as tardes, porque, no fundo, do que ela mais gostava era justamente de tudo o que ele afirmava não gostar.

Ele tinha todo tipo de teorias para explicar a vida, e principalmente os labirintos da mente de sua mulher; ele não compreendia era a si mesmo.

Em primeiro lugar, não conseguia compreender por que havia se casado com uma mulher assim, tão diferente dele, que não fazia nada além de falar do marido anterior. A viúva de Meis: se as pessoas continuavam a chamá-la de viúva era porque no fundo ela se comportava como tal. Às vezes, quando ela não se dava conta, ele a seguia com a vista pela casa. Ao passar pela sala ela falava com o retrato do defunto esposo e lhe lançava beijos.

Era feia como o diabo. Sua pele era cor de cinza, e o cabelo grudava no rosto. O pior era que ela não era nada carinhosa. Nem mesmo quando vinha buscá-lo com a carroça mostrava um pouco de ternura. A cada manhã tio Rosendo se levantava perguntando a si mesmo o que fazia com aquela mulher que nem sequer havia tirado o luto pelo marido anterior. Tinha vontade de abandoná-la, e no entanto a tarde caía, e depois a noite, e ele não a tinha deixado. Ele se embebedava, e ela ia buscá-lo com a carroça. A vida – e não as pessoas nem as coisas – era que impunha suas leis, e por muito que a gente se empenhasse, pouco se podia fazer para mudá-la.

Quando jovem, tio Rosendo possuíra outras mulheres, mas sempre tivera certeza de que jamais se casaria. Conhecera a viúva na lareira da casa das Invernas, quando dom Reinaldo ainda vivia. Ela, recém-viúva, lhe fazia gestos apertando os lábios, como se lançasse beijos para o ar, e ele respondia enrubescendo e tirando o gorro. Então, depois da guerra, tudo aconteceu de forma vertiginosa. A viúva o esperava de tarde perto da fonte da praça. Ele era *maestro de ferrado*, e enquanto ouviam cair o jorro de água fria, falava-lhe de poesia, de geografia e até de um pouco de filosofia.

– Pare – cortava ela, tapando-lhe a boca com a mão. – Nunca fui uma mulher dessas "literatas". Não gosto de livros.

– Pois você deveria escutar algum poema de Rosalía de Castro, *Adiós, adiós, prendas do meu corazón* – soltava ele, e lhe piscava um olho. – Qual é o seu verdadeiro nome?

– Viúva. Viúva de Meis.

– Já sei que todos a chamam assim. Esse não é o seu nome, como você se chama de verdade?

– Não tenho outro. Você também não é tio, e todo mundo o chama desse jeito.

– Me dê um beijo.

– Nem pensar! Meu marido pode nos ver.

Naquela época, tio Rosendo achou que estava perdendo o juízo. Não entendia por que uma mulher como aquela o atraía, uma mulher que não se interessava por nada além do marido morto.

– Seu marido está morto.

Ela franzia a testa:

– E daí?

Tio Rosendo era feito de outra matéria; isso era algo que saltava aos olhos de todos. Ele tinha vinte anos quando ouviu um poema pela primeira vez. Foi justamente na lareira do avô das Invernas. Não se lembrava de quem o tinha lido, talvez fosse algum dos amigos de dom Reinaldo – por ali circulavam prefeitos, advogados, poetas e sindicalistas – ou o próprio dom Reinaldo.

Falava da passagem do tempo, do amor e da solidão, algo assim, coisas simples mas profundas, nunca se sabe muito bem o que diz o poeta, porque o poeta sempre fala de si mesmo. Mas enquanto escutava aquelas palavras (frio, pássaros perseguidos pela luz, cal e fígado), começou a sentir uma estranha comichão em todo o corpo. Quando terminou a leitura, continuou junto do fogo, sem afastar a vista do lugar onde o homem havia lido, com as maçãs do rosto ruborizadas. Estava assustado.

Até então, tio Rosendo jamais havia pensado que coisas como o passar do tempo, a solidão, a cal e o fígado pudessem mexer com as entranhas de alguém. Até que aquele homem falasse dele com belíssimas palavras, não sabia que o amor podia ser fonte de inquietude e que a vida era algo extraordinário.

Porque a vida era algo extraordinário: começou a ler poesia e a ensiná-la às crianças. Sem perceber, não apenas ensinava poesia, mas todos os conhecimentos básicos, desde que Eva sentira vontade de comer fruta no Paraíso e estendera o braço para pegar a maçã, até Napoleão e as Guerras Carlistas (tudo misturado), assim como um pouco de aritmética, o nome dos continentes e de alguns animais africanos, como o leão e a girafa. Alguns pais lhe pagavam com *ferrados* de farinha ou de milho; outros opinavam que de que servia aprender a ler se na aldeia não havia absolutamente nada para ler.

Montou a escola no palheiro de sua própria casa. Na fachada colocou um cartaz que dizia: "Escola Infantil de Terra Chã", e abaixo: "Tio Rosendo. *Maestro de ferrado*". Levava serpentes e morcegos para as crianças. Dizia-lhes: "No bolso do meu casaco há uma coisa para vocês". E as crianças, que vinham de toda parte caminhando pelas trilhas do bosque, enfiavam a mão no bolso. A única razão pela qual ensinava era porque queria continuar aprendendo.

Além disso, descobriu que a poesia agradava ao tipo de mulher que sempre lhe havia agradado, mas às quais ele nunca havia agradado.

Pouco depois disso, um dia, a viúva entrou no celeiro. Disse que não gostava de poesia, mas estava impressionada com a escola. Rosendo começou a tremer. Sem saber por quê, jogou o gorro no chão, caramba!, empurrou a viúva contra a parede e tentou beijá-la.

– Não até que estejamos casados – disse ela sem se surpreender muito, desembaraçando-se dele.

– E que diferença faz? – disse ele, perplexo.

– Meu marido poderia nos ver.

Foi então que tio Rosendo decidiu que jamais tornaria a tocar aquela boca.

Casaram-se na igreja da aldeia, a mesma em que ela havia se casado pela primeira vez, no mesmo dia e mês, porque a viúva dizia que assim não ofenderiam o marido.

Na festa, na hora dos doces e dos charutos, ela desapareceu. Depois de procurá-la por toda parte, encontraram-na tomando banho na alverca. Segundo explicou, ela estava contando a seu defunto esposo como tudo havia acontecido.

Para não o ofender, ela também não quis se casar de branco; nem mesmo tirou o xale preto do luto na noite de núpcias. Nessa ocasião, Rosendo se calou.

Uma vez a viúva lhe havia contado que o luto por um avô era de um ano, por um irmão, dois, por um pai, três, e por um filho ou um cônjuge, toda a vida. Então não disse nada, por respeito. Ele sabia muito de geografia, de álgebra e de poesia, mas daquela doença mental cinzenta chamada luto não entendia o suficiente para opinar.

Tio Rosendo tinha vislumbrado no matrimônio a chegada de uma vida melhor, imaginando que talvez a viúva suavizasse suas maneiras bruscas. Mas desde o princípio era sua mulher que mandava; ridicularizava-o diante de todo mundo, e não gostava de nada do que ele fazia. Depois de vários anos de casada, a viúva continuada tão virgem (se é que alguma vez o fora) e tão viúva como no primeiro dia.

Na aldeia diziam que quando seu primeiro marido morrera, a viúva havia tomado uma cruel resolução. Já que não podia estar com o homem que realmente amava, não seria de nenhum outro. Proibiu a si mesma o casamento, e, para isso, nada melhor que contrair matrimônio com o mais bobalhão da aldeia, ou seja: tio Rosendo.

Com o tempo ele se cansou de ficar em casa com ela, que suspirava pelo marido morto e pelos filhos que não chegavam (como iam chegar?), e passou a gostar da taberna. Começou a se embebedar todas as tardes, e então muitas coisas reprimidas nele se libertaram.

Algumas vezes, depois que Saladina terminava a consulta com o senhor Tiernoamor, as Invernas passavam pela taberna. Ao vê-las ali, tio Rosendo se lembrava de dom Reinaldo e se punha a evocar os velhos tempos. Dizia com saudade que seu avô fora um de seus melhores amigos, e que sem ele a aldeia nunca mais fora a mesma. À medida que ia falando, sua língua se soltava, e as Invernas notaram que os demais dançavam ao seu redor e o mandavam ficar quieto, dando-lhe tapinhas no pescoço ou fazendo-lhe gestos.

Um dia ele contou como dom Reinado havia curado um senhor de "sua própria infância". O pobre homem não parava de reclamar de tudo: da mãe, da mulher e dos filhos, do trabalho, do vinho que lhe serviam na taberna, da chuva, das flores e do sol. Quando dom Reinaldo chegou a sua casa, tirou o casaco de veludo e se enfiou na cama com ele. Passou a noite ali, acompanhando seus gritos, seus pesadelos e suores, e na manhã seguinte o homem se sentiu muito melhor.

– Oh, ele era uma pessoa incrível! – acrescentou tio Rosendo. – Não merecia o que aconteceu. Era ele que na verdade medicava todos, até que o acusaram de curandeiro e também de bolchevique. Ele achava que a riqueza estava mal dividida, e que era uma injustiça social não ajudar os mais necessitados. Era só isso. Dom Reinaldo saiu da prisão com uma grande ansiedade, sentindo-se perseguido por todo mundo, e nunca entendeu por que o haviam prendido. Esse medo lhe transtornou a cabeça. Começou a fazer coisas estranhas... Foi então que...

Imediatamente o taberneiro aumentou o volume da televisão.

– ... como eu ia dizendo... – continuou tio Rosendo, tentando falar mais alto, de modo que sua voz sobrepujasse a do locutor da televisão – mas também nessa época deram uma surra no pobre Tristán. Não sei... Chegaram aqueles pistoleiros gritando e dando tiros para o ar. Ninguém se livrou daquilo.

Ainda não eram sete horas, mas, nessa altura, alguém o empurrou da cadeira e adiantou a queda.

Pum.

Pouco depois, ligeiramente curvada, a viúva de Meis desceu da carroça.

18

— No primeiro dia deixei bem claro que você não deveria comer alho nem cebola, Saladina! – protestou o senhor Tiernoamor. – Foi a única coisa que lhe pedi...

Ultimamente, as visitas ao consultório do protético, que haviam começado sendo curtas – o tempo exato de abrir o espaço para inserir o dente, prendê-lo ao osso com cimento e suturar a ferida da gengiva –, foram se prolongando. Depois de terminar o trabalho, ficavam conversando no consultório, e a conversa foi se tornando cada vez mais expressiva e pessoal. Como o protético não tinha anestesia, utilizava uma aguardente de ervas da região, de modo que, quando Saladina se levantava da cadeira, era outra mulher. Em vez de passar mal ou sentir dor, sua cabeça girava, ela ficava alegre e tinha uma vontade louca de dançar.

Eles tinham pontos de vista comuns em muitas questões, e Tiernoamor, além de ser simpático e jeitoso, acabou por se mostrar um homem culto e com vivência. Saladina lhe falava do tempo que haviam passado na Inglaterra, de como eram as pessoas, de como se vestiam, do que se comia e dos filmes que tinham visto. Contou-lhe que nunca tivera que trabalhar lá, porque vivia com seu amante em uma mansão, que tinha sido a atriz principal em dois filmes e que a haviam disputado para ser protagonista de um terceiro, papel que não pudera aceitar porque a guerra acabara de estourar; ele a fitava com os olhos cinzentos e penetrantes.

Saladina gostava da companhia daquele homem; em sua personalidade havia algo misterioso e reticente que o tornava interessante. Era impossível, por exemplo, conseguir uma resposta concreta dele. "Vamos ver", "vamos conversar". À pergunta direta de quanto ia custar o tratamento da boca, respondia "oh, não muito" ou "aquilo que eu disse outro dia".

Um dia, Saladina se atreveu a perguntar por que ele nunca havia casado. Sabia pelo tio Rosendo que o protético era muito discreto com sua vida privada e que não gostava de falar daquilo. Tiernoamor respondeu que havia coisas que simplesmente "eram" ou "não eram", e não tinham explicação: por que pernil de porco combina com broto de nabo e peixe não combina com queijo? "Peixe com queijo?" Aqueles raciocínios disparatados eram o que mais atraía a lúgubre Saladina.

Porque Tiernoamor tinha, entre inúmeras outras qualidades, muito senso de humor. Às vezes desaparecia do consultório e se internava na penumbra da casa. Depois de algum tempo tornava a aparecer fantasiado de padre, de humorista, de freira ou de soldado. A roupa quase sempre justa e escura marcava o volume enorme de sua masculinidade.

Brincavam disso. Tiernoamor desaparecia, e Saladina tinha de adivinhar que fantasia ele usaria. Geralmente o protético gostava muito de roupas. Saladina conservava umas meias de seda muito atrevidas que havia conseguido anos antes na Inglaterra, e que usava para ir ao consultório só para lhe chamar a atenção. Quando ela lhe contou que na Inglaterra as mulheres faziam roupa de baixo com os restos dos paraquedas de pilotos inimigos derrubados, ele quase enlouqueceu.

Um assunto delicado era o da sua participação na Guerra Civil Espanhola. Ele fizera parte dos maquis, aquele saco de gatos de barbudos fugitivos que a partir de 1940 resistiam escondidos pelos montes da Galícia, sobrevivendo à base de amoras, sopinhas feitas com ossos de animais e água dos riachos. Saladina sempre falava desse assunto, sem imaginar a raiva que ele sentia quando ouvia a palavra "maqui". Na verdade, imaginava, sim (tio Rosendo, de novo), mas não se importava. O fato de ele ter feito parte daquele grupo de homens tão viril e resistente a atraía. Quando tinha oportunidade, voltava a lhe perguntar por que já não subia aos montes para levar cobertores ou comida para os companheiros.

Saladina voltava para casa excitada, de excelente humor, e Dolores, acostumada com seu temperamento azedo, gostava – e ficava desconcertada – de vê-la assim.

Na verdade, desde que havia começado a ir ao consultório do protético, sua irmã havia engordado e tinha um aspecto melhor. Levantava-se ao amanhecer e ia de um lado a outro da casa com um ar resoluto, em frenética atividade, assobiando canções infantis aprendidas na Inglaterra. Com a mesma presteza com que construía um lenheiro, esfregava o estábulo, vaca incluída, regava os gerânios, cozinhava ou ia ao rio pescar trutas...

Mas Dolores sabia – e isso é que não a convencia – que os períodos de bom humor da irmã duravam pouco e em geral eram substituídos por um humor lúgubre e sombrio.

Até aquele momento, Saladina nunca se havia apaixonado. Nem mesmo conseguira se entregar. Tinha suas razões: com exceção de Dolores e talvez, na época, do avô, não havia sido amada por ninguém. Em consequência, havia construído em torno de si um muro sem fissuras nem apegos conhecidos; na Inglaterra, aprendera que todos faziam isso, e que sem dúvida era o meio mais prático de sobreviver.

Mas agora, depois de ter descoberto o prazer de "sentir-se apaixonada" (porque com o tempo vinha descobrindo que estava, sim, loucamente apaixonada pelo senhor Tiernoamor), parecia desenvolta e muito mais independente. Além disso, gostava de verificar se os outros também se sentiam como ela.

– Tio Rosendo, quando vê sua mulher de manhã, você sente borboletas no estômago? – perguntou um dia ao professor quando o encontrou a caminho do monte. Tio Rosendo lhe respondeu que o que sentia eram traças.

Ou a dom Manuel, o cura:

– Padre, o senhor ama a Deus, não é?

– Mas é claro, filha, que bobagem é essa?

– E o senhor não gagueja ao falar com ele? Não ruge e se revolve por dentro?

O padre desapareceu sem responder.

Ou a Tristán, o *caponero*, um dia em que o viu na taberna:

– Você não fica com a pele arrepiada quando vê uma mulher que lhe agrada?

E ao chegar em casa fazia uma lista de palavras associadas ao sentimento: borboleta, traça?, pele arrepiada, gaguejo e rugido de leão.

A essa altura, era uma especialista em listas, e as tinha de todo tipo: lista de amigos e de inimigos, lista de compras, lista negra, lista de tarefas pendentes, lista dos sapatos que tinha, lista de atores com e *sem* Oscar. Era como se sua mente caótica e assustada precisasse dessa ordem absurda que as listas ofereciam. Através das listas, ela já era quem queria ser.

Mas nesse dia, no consultório, Tiernoamor não tinha vontade de conversar e estava muito arisco. Estava fixado no fato de Saladina ter comido alho, ou talvez cebola.

– Juro pela minha mãe que não.

O protético, que naquele momento polia uma peça, fitou-a pelo rabo do olho. Saladina tinha as maçãs enrubescidas e os olhos febris. Como havia caminhado através do bosque, sua saia havia colhido no meio do capim inúmeros insetos e borboletas que agora estavam presos ao seu cabelo como pequenos grampos brilhantes. Sua respiração estava agitada.

– Comeu sim. Percebi assim que a vi, ou melhor, desde que "a cheirei" quando estava chegando.

O protético começou a preparar o cimento com cara de mau humor. Saladina o olhava, pensativa. Pensou que Tiernoamor tinha um rosto muito musculoso. Também disse a si mesma que por baixo daquela tensão se escondia a mentira, e que, quando ele sorria, a expressão de seus olhos não mudava nada.

Atreveu-se a dizer:

– É por causa do titânio, não é? Ontem disseram na televisão da taberna que ele está se esgotando. Não se apresse, homem, você vai encontrar outro material para fazer os dentes. Falta alguma peça das minhas? Posso esperar...

Tiernoamor a fitou e ficou em silêncio. Umas mosquinhas se desprenderam do cabelo de Saladina e começaram a revolutear em volta da sua cabeça. O protético disse:

– Não é por isso: Estou... estou esperando que o material chegue...

– Então é porque ainda não te paguei, não é, Tierno? É que você não me disse quanto vai cobrar pelo tratamento.

Tiernoamor se moveu bruscamente, como se estivesse agitado.

– Vamos ver agora como vou trabalhar com essa porcaria de alho que você tem na boca... Você está fedendo, Inverna.

Saladina ficou triste.

– Por que está me tratando desse jeito? E, principalmente, por que está me chamando assim? Tenho nome...

Tiernoamor ergueu os olhos para ela. Pousou a tigela de cimento na mesa, de má vontade. Disse:

– A verdade é que não sei por que a chamei assim; muitas vezes a língua é mais rápida que as palavras... Olhe – acrescentou –, já que você veio, vou colocar a peça de hoje, mas você vai ter que esperar pelas três que ainda faltam...

Portanto, naquele dia Saladina teve que ouvir, com grande tristeza no coração, que não tornaria a vê-lo até que Tiernoamor lhe avisasse.

19

Ao entardecer, acalentada pelo *tchuc, tchuc* da Singer, cada vez com mais frequência, agora que estavam estabelecidas na aldeia – e principalmente desde que sua irmã estava mais independente –, Dolores sentiu um ardor nos rins; tinha o palpite de que uma coisa importante estava por acontecer.

Não sabia muito bem o que era aquilo, às vezes o confundia com uma certa sensação de incompletude.

Talvez, dizia a si mesma, fossem apenas bobagens de mulher.

Outras vezes, no entanto, achava que o que esperava já estava ali, perto da irmã, da vaca Greta e de sua vida simples, sob as estrelas e o céu, na casa da figueira de Terra Chã.

Foi ao amanhecer de um dia quente que aquilo que sentia começou a tomar forma. A terra exalava um cheiro úmido, e as chaminés soltavam uma fumaça esbranquiçada. O campo ressoava com o canto dos insetos e os estalidos do capim. A época de cortar o milho e tosquiar as ovelhas havia chegado. Dolores saiu para o quintal para dar de comer às galinhas. A janela da cozinha estava aberta, e o rádio ligado. Então irrompeu a voz do locutor que deu a notícia. A notícia que lhe quebrou a rotina; a notícia que acabou com a monótona segurança a que as duas irmãs se haviam acostumado desde sua chegada: Ava Gardner, a famosa atriz norte-americana, "o animal mais lindo do mundo", vinha à Espanha para trabalhar em um filme; em breve chegaria a Tossa de Mar para rodar *Os amores de Pandora*.

O locutor anunciava que era uma boa notícia, pois o filme daria trabalho a muita gente da cidade costeira. "Ava Gardner vem à Espanha...", disse a Inverna às galinhas.

Encolheu os ombros e continuou jogando migalhas de pão.

Não tornou a pensar naquilo até o cair da noite.

***

Sua irmã voltou da taberna, e levaram os animais ao monte. De tarde ficou costurando a barra de um vestido – uma encomenda de uma família de Santiago que as Invernas tinham todos os anos –, foram ao bosque recolher lenha miúda, fizeram compota de figo, ouviram a novela, jantaram e se prepararam para dormir.

Mas antes de se deitar, enquanto punha a camisola, Dolores sentiu um calafrio nas costas; pequenas aranhas lhe escalavam os ossos, subindo pela coluna vertebral até o interior da cabeça.

Não quis lhe dar importância.

Mas, uma vez deitada, não parou de se virar e revirar. Não pregava olho. Pestanejava como uma galinha. Afinal sentou-se na beira da cama da irmã e se pôs a contemplá-la na penumbra. Pensou que adormecida Saladina era ainda mais feia que acordada.

– Escute, Sala – sussurrou ela depois de um instante, quando viu que ela abria os olhos. – Você sabe onde fica Tossa de Mar?

Saladina, que não sabia nada de geografia, demorou um minuto para responder. Por fim disse:

– Mas onde é que pode ficar, sua ignorante? Perto do mar, o próprio nome já diz. Tossa de Mar.

Ficaram em silêncio. Dolores voltou para a cama e se cobriu com os cobertores.

Logo Saladina tornou a emergir de seu sono.

– Diga a verdade – grasnou ela de sua cama –, por que está me perguntando isso no meio da noite?

– Por nada – disse a outra, amedrontada, de baixo do cobertor. – Me lembrei de te perguntar. Às vezes me ocorrem algumas coisas, tenho cérebro, não sou uma galinha...

Permaneceu com os olhos abertos na escuridão. A casa estava calma, e do alçapão aberto subiam exalações de umidade. O cheiro do esterco a reconfortou.

Ouvia o sangue pulsando, zumbindo em seu ouvido.

A vaca Greta mugiu languidamente no estábulo.

Mas nessa mesma noite, enquanto dormiam, cresceu um mar na casa das duas mulheres.

20

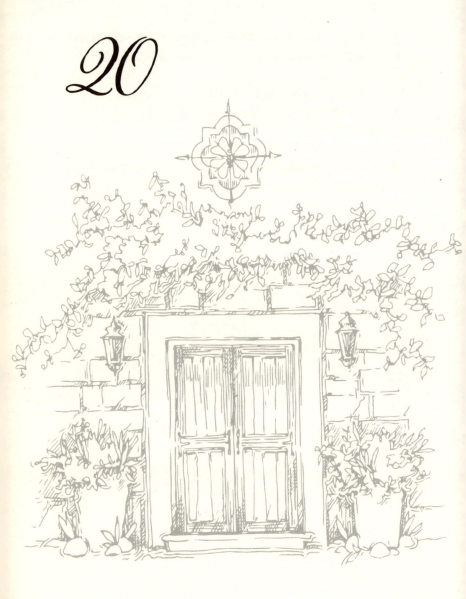

*E*ra um mar parecido com o que Dolores conhecia das costas inglesas, o de Coruña, ou talvez o do porto de Santander, onde haviam sido abandonadas com as malas de papelão, apesar de ser estranho, porque nele ciscavam galinhas e viviam atores e atrizes de Hollywood, Greta Garbo, Frank Sinatra com sua voz poderosa, Audrey Hepburn com sua magreza, Clark Gable, o "Rei de Hollywood".

Nos dias que se seguiram, enquanto se ocupava com suas tarefas cotidianas, Dolores o ouvia, imenso e poderoso, cada vez mais próximo, transformando seu próprio mundo em um lugar estreito e aborrecido, um oceano que se arrastava até ela, chamando-a, você ouviu dizer que Ava Gardner vem à Espanha?

... à Espanha?

... Ava Gardner na Espanhaaaaaa?

Às vezes, o mar era com um milharal, ondas que vêm, ondas que vão. Dolores estava no meio dele. Cheirava a sal, sua roupa cheirava, o cabelo cheirava.

A cabeça se enchia de areia, de bolhas e de galinhas. Ela dormia com esse aroma e acordava ouvindo soluços no peito,

o marulho profundo e grave do mar.

Ela era o mar.

21

Desde que Dolores deixara cair o prato com a ração ao ir resgatar a irmã, as galinhas não faziam outra coisa a não ser bicar debaixo da figueira. Estavam ficando muito gordas; não saíam dali o dia todo, e aquilo se transformara em um charco pestilento de excrementos, terra, pedras, penas e ração, onde, além disso, as galinhas não paravam de se bicar, entabulando lutas selvagens umas com as outras.

Era visível uma violência, uma agressividade estranha e gratuita, a tal ponto que um dia uma das galinhas apareceu morta; e desde então, por algum motivo, deixaram de pôr ovos.

Elas comentaram isso na taberna, e todos lhes recomendaram que falasse com Tristán, o *caponero*, que também entendia muito de galinhas.

Tristán era um sujeito alto e taciturno. Tinha uma casa magnífica perto da fonte e passava os dias junto de suas aves, muito ereto, calado e solitário.

Os cômodos do piso térreo eram inteiramente dedicados às galinhas, que permaneciam ali à vontade, com ares de proprietárias. No andar superior, em um aposento de paredes tão cobertas de sujeira que mal deixavam ver as molduras e relevos, ficavam os capões, imobilizados em gaiolas, que ele engordava com *amoados* para vender nas feiras. Três vezes por dia, às nove, às três e às oito, Tristán subia pesadamente a escada, abria as gaiolas e lhes metia no bico o bolo de pão e milho moído, umedecido com água e vinho branco.

Os capões mais jovens exigiam bolos mais suaves, e os maiores costumavam mudar de penas, por isso Tristão estava sempre ocupado. Para não falar das festas de fim de ano, período em que três ou quatro vezes por dia ele tinha de embebedar os capões com um copinho de conhaque para que a carne ficasse mais saborosa.

O capão é um animal desajeitado, bobo e colérico, e não havia dúvida de que o próprio Tristán se havia contagiado com esse modo de ser. Além disso, de tanto viver rodeado dessas aves em um aposento pequeno, havia começado a ficar fisicamente parecido com eles: olhos turvos, papada, as unhas das mãos compridas e afiadas, gordo e pouco esportivo, de pele arroxeada e com um pelinho curto por todo o corpo.

Tristán e seus capões pareciam seres da mesma raça.

Sentado o dia todo perto das gaiolas, em silêncio para não incomodar os animais, ou com música de Chopin para engordá-los, começou a desenvolver manias e a se tornar intratável e solitário. Enfiava o bolo no bico das aves, e, se elas o cuspiam, ele as esbofeteava e as insultava. Os capões abaixavam a cabeça, aterrorizados, e fugiam para um canto das gaiolas. Então Tristán tinha que entrar nelas de quatro para puxá-los. Tornava a lhes dar a bolo, e os capões o cuspiam. Tristán os esbofeteava, e em seguida explodia e os xingava.

Assim levava a vida.

Diziam-se muitas coisas a seu respeito: que ele alimentava os capões com cianureto, que afogava a depressão bebendo o conhaque destinado às aves, que deixara morrer a mãe para receber um seguro e que fora assim que comprara a casa de Terra Chã, mas que, em troca, havia herdado a obrigação de tocar o negócio de aves, que na verdade nunca lhe agradara...

Falatórios.

– As galinhas, de tão idiotas, chegam a ser astutas – explicou Tristán sem levantar a vista, enfiando um bolo de miolo de pão no bico de um dos capões quando as Invernas foram vê-lo em sua casa para lhe expor o problema –, elas querem dar a entender alguma coisa. Se estão há dias bicando o chão, não é apenas por causa da ração que caiu. Alguma coisa está fermentando debaixo da figueira, e vocês não sabem.

Ele ficou de dar uma olhada nas galinhas quando pudesse; seu trabalho mal lhe permitia ausentar-se.

Uma vez em casa, Dolores saiu com uma escova e decidiu varrer o chão debaixo da figueira. Não haviam passado cinco minutos quando a vassoura se chocou contra algo duro. A Inverna se agachou para olhar. A terra já estava muito revolvida, e ela não teve que cavar muito. Não, não era uma raiz, nem uma pedra. O que *aquilo* estava fazendo ali? Era um dos tesouros procedentes de Cuba dos quais seu avô falava nas noites frias de inverno?

Com o palpite de que ali havia algo importante, pegou uma enxada e chamou a irmã.

As Invernas ficaram de cócoras para observar. Permaneceram em silêncio, com a vista fixa no chão, durante alguns minutos. Em seguida se levantaram. Abraçaram-se. Tornaram a ficar de joelhos no chão.

– Pelo amor de Deus, vamos ver o que há dentro! – gritou uma delas.

– Tenho medo! – disse a outra, remexendo-se sem sair do lugar.

– Eu também.

A Inverna Saladina se inclinou para cavar com a enxada. Mas logo se deteve.

– Estamos remexendo o passado – disse ela. – Você acha que vale a pena, depois de todos os sacrifícios que fizemos para vir para cá? Já estamos aqui há algum tempo, e ninguém suspeita *do que aconteceu...* Não vale a pena. Além disso, o que há aqui não é seu.

– Nem seu!

A primeira se lançou sobre a outra. Fez força para lhe tirar a enxada. Mas a outra se defendia, e se jogou sobre ela como se fosse uma pantera. Lutaram no chão por alguns minutos. Por fim Saladina agarrou a enxada e tornou a ficar de quatro. Sacudiu o pó do corpo. Ficou ofegando, com os cabelos retorcidos e revoltos como pequenas serpentes sobre os olhos. Tornou a cobrir de terra o que haviam encontrado. Disse, quase sem alento:

– Nem uma palavra a respeito disso para ninguém.

Dolores arfava.

– Ouviu bem?

22

Foi então – poucos dias depois de ter escavado o chão sob a figueira – que teve lugar o primeiro de uma série de acontecimentos mais ou menos concatenados que deixaram a aldeia de cabeça para baixo.

A coisa começou quando Ramón morreu no estábulo das Invernas. Mas a ninguém ocorreu pensar que o que acontecera naquele dia era apenas o começo de tudo o que viria depois, que as coisas, assim como as pessoas e os animais, só anseiam pelo repouso eterno, e que teria sido melhor se não tivessem remexido nas turvas terras do passado.

Ramonciño havia anunciado que voltaria para Terra Chã, e assim foi. Durante a primeira licença que teve como marinheiro, foi à taberna. Ali encontrou o senhor Tiernoamor, que perguntava com interesse a dom Manuel se Violeta da Cuqueira tinha tornado a aparecer na aldeia.

– A bruxa? – disse o padre. – Deus nos livre... Se ela viesse seria para anunciar uma morte.

Em seguida o protético perguntou se a velha de Bocelo havia morrido de uma vez.

– Oh, que ela vai morrer, vai! – comentou o padre. – É subir o monte para descer em seguida. Sou o novo Sísifo! Em vez de uma pedra, carrego os santos óleos. Estou condenado a isso pelo resto dos meus dias...

Tiernoamor não sabia quem era Sísifo, e pouco se importava com isso; remexeu-se no banco. Perguntou quantos anos tinha a velha.

– Uns cem – calculou o padre.

– Ah... – respondeu Tiernoamor. – E não seria conveniente ministrar alguma coisa para essa matusalém...?

O padre o olhou, horrorizado.

– Ninguém se vai até que chegue a sua hora, e, quando chega a hora, vai-se! Desde quando você tem tanto interesse pelas velhinhas?

Mas Tiernoamor abaixou a cabeça, terminou seu vinho de um trago, limpou o buço e não disse mais nada.

Foi assim que Ramonciño ficou sabendo que a velha de Bocelo andava pela aldeia, pele e osso, dizendo que logo teria o papel da venda de seu cérebro, que, segundo afirmava, era grande como a Catedral de Santiago. Também ficou sabendo que todos e cada um dos habitantes deviam ter seu contrato de compra e venda firmado por dom Reinaldo.

Ele começou a fazer averiguações, e na manhã seguinte, antes de o sol sair, apresentou-se na casa das Invernas.

Dolores estava sozinha. Saladina havia amanhecido com a boca alvoroçada. Já desde a tarde anterior a dentadura estava estranha. Não comia, devorava; parecia arrebatada por um torvelinho que triturava os alimentos e os fazia desaparecer pela goela, para tornar a procurar e comer.

De nada servia tratar de apertar os lábios, chamar a irmã para que tirasse de sua vista as linguiças e o pão. O colo, os braços e o tronco continuavam atrelados à boca; se Saladina se esforçava para mantê-la fechada, corria o perigo de morder a língua, e nas vezes em que a irmã acudia, recebia dentadas ferozes. Outras vezes a boca permanecia quieta, fingindo-se de morta, até que de repente, *zás*, se abria e se fechava, ou se punha a rir como uma louca.

Então, apesar de Tiernoamor lhe haver dado ordens estritas de não voltar ao consultório até que ele mesmo a avisasse, Saladina não teve outro remédio senão ir até lá.

Sem que ninguém o tivesse convidado a entrar, Ramón empurrou a porta, abriu caminho entre as galinhas e sentou-se em uma banqueta. Na cozinha ardia um bom fogo, e sobre ele, em uma panela, fervia o desjejum. Junto da lareira, entre réstias de linguiças e chouriços, havia camisolas e calcinhas úmidas penduradas para secar. A luz do fogo se refletia sobre a pá e as tenazes.

Olhando ao redor e respirando o cheiro daquela casa, Ramón sentiu pela primeira vez em muitos anos a dor da saudade. Um cheiro em que se distinguiam as coisas que o produziam. O cheiro da linguiça pendurada na lareira, o do animal que dormia um pouco além, no estábulo, o do alvejante com que sua mãe limpava o chão.

Já se havia passado tanto tempo desde que ele ia ali toda tarde com ela? Vinte e cinco anos. Mas vinte e cinco anos não eram nada, porque parecia que havia sido ontem que as mulheres brincavam com ele perto da lareira e lhe acariciavam o cabelo, enquanto sua mãe desabotoava a blusa para tirar o peito e lhe dar de mamar.

Ao falar das pessoas e das histórias que se contavam ali no inverno, sua voz se partiu. Depois, quando se lembrou de que ali mesmo sua mãe o havia desmamado, aos sete anos, começou a rir. Sem poder se controlar, cobriu o rosto com uma das mãos, gargalhando com um riso nervoso e às vezes trêmulo. Ria ou chorava; por muito que o olhasse, Dolores não conseguiu saber.

Afinal Ramón limpou as lágrimas. Tornou a aspirar o perfume. Em seguida disse:

– Minha mãe também lhe vendeu o meu cérebro. A bruxa guardou o dinheiro, sem me dizer onde estava, até que morreu. Tristán, o *caponero*, me contou. Apesar de que da minha mãe se podia esperar qualquer coisa...

Engasgou-se com uma risada descarada que fez voar algumas galinhas. Mas as lágrimas continuavam a lhe descer pelas faces.

Depois, sem mais aquela e em um tom diferente, começou a falar de seu amigo Tomás, o pescador de polvos e de fanecas de Ribeira:

– A verdade é que faz muito tempo que não vejo Tomás. E na Compañía ninguém sabe nada dele... Ele nem foi receber o pagamento. Estão muito admirados.

Tomás? A Inverna Dolores se levantou subitamente. Não sabia quem era Tomás. Já lhe haviam explicado que tinham ficado muito pouco tempo em Ribeira. Muita umidade para os ossos. Gostamos mais da Coruña, que é uma cidade com ruas, postes de luz, automóveis, lojas onde flutua o perfume das senhoras e o tabaco dos cavalheiros. Mas agora estamos aqui: homens-lobos, fantasmas e almas penadas. Isso também é muito bonito. Ele não queria tomar nada?

– Leite – disse Ramonciño prontamente, como se tivesse ensaiado a resposta.

– Leite – disse Dolores, chocando-se contra suas pernas ao se voltar, com os braços rígidos no ar, olhando para os lados. – Pois...

Nesse momento se ouviu uma cantilena longínqua, uma voz ainda indecifrável mas certamente familiar, vinda da horta. Ela olhou pela janela e viu o senhor Tiernoamor se aproximar carregando um vulto nas costas. Continuou olhando com atenção: o vulto era a ridícula da sua irmã.

O que fazia Saladina montada nas costas de Tiernoamor, rindo e cantando, a grande filha da mãe?

Ao abrir a porta, ele se desembaraçou da carga bruscamente. Saladina caiu no chão sem parar de cantar *ten green bottles* e de rir aos trancos, escorrendo muco pelo nariz.

– O que você fez com minha irmã? – perguntou Dolores, horrorizada.

O protético explicou timidamente que não tinha feito nada além do de sempre: dar-lhe um pouco de aguardente a título de anestesia. Percebia-se que Saladina não havia tomado o desjejum, e...

– Charlatão! Você não devia estar consertando bocas! – gritou Dolores, enfurecida. – Você não tem diploma!

– Diploma, hum, hum! – começou Saladina no chão, retorcendo-se de riso. – Diplooooooooma, hum-Tierno-*green, green bottles*, aiai-hum-diploma *hanging on the wall!*

Dolores despediu o protético, que, contrariado com a humilhação, saiu fugindo pela trilha a toda a velocidade, ligeiramente inclinado. Depois ela ajudou a irmã a se enfiar na cama. Saladina subiu as escadas sem parar de cantar, hum-Tiernoa-mor-aiai-hum, diplooooooma.

Depois de deitar a irmã, a Inverna se dispôs a atender – ou melhor, a despachar – Ramón, que continuava esperando, divertido com o espetáculo que acabava de ver, e a quem ela convidara a beber um copo de leite.

A Inverna explicou que leite não havia, pois a vaca estava sem ordenhar, era a hora, e entre uma coisa e outra, ai, Jesus!, não pude, não está ouvindo os mugidos? Não, Ramón não ouvia os mugidos. Pois exatamente quando você chegou eu ia ordenhá-la. Não há leite, mas podemos oferecer anis. Entre risinhos nervosos, Dolores se apressou a explicar que o médico de Coruña havia receitado anis para curar Saladina de uma flatulência, e, veja você, ela havia gostado do remédio e se habituara à bebida. Você acabou de ver... Ramonciño não riu da piada. Estava absorto em seus pensamentos. Em seguida disse:

– Quero o papel. Pode ir buscá-lo, porque foi por isso que eu vim...

Ele se levantou bruscamente e acrescentou que, enquanto a outra lhe procurava o contrato de compra e venda do seu cérebro, ia ordenhar a vaca ele mesmo, isso lhe trazia boas recordações.

Era cedo. Uma manhã luminosa, já perto do verão. Fumo sobre os telhados. O tinir dos sinos. Ultimamente caíam com frequência fortes aguaceiros que as obrigavam a ficar em casa. Mas nesse dia o campo estava tranquilo. O sol tinha esse fulgor que se vê depois do temporal, e o ar estava limpo e fresco. De vez em quando se ouvia a cantilena de Saladina, misturada aos soluços, cada vez mais tênue e enfraquecida; por fim ela parecia ter adormecido.

Através da janela, Dolores viu Ramón remexer no galpão. Entre o arado enferrujado e os arreios, procurava alguma coisa. Viu-o entrar em direção ao estábulo, com o balde a lhe golpear os joelhos.

Quando eram pequenos, antes de estourar a guerra, as Invernas e Ramonciño haviam sido amigos de brincar juntos. Apesar de ele ser alguns anos mais novo, iam juntos ao mato procurar gencianas e joaninhas, enfureciam os burros puxando-lhes o rabo e se banhavam no rio. No inverno, quando fazia muito frio, gostavam de se meter nos estábulos da aldeia, principalmente nos grandes, e deitar no lombo das vacas. Os três precisavam de calor, e os animais o forneciam. Às vezes permaneciam deitados no lombo das vacas até o amanhecer.

A mãe de Ramonciño, Esperanza a la Puerta de Nicolasa, havia sido criada do avô. Desde que dom Reinaldo desaparecera, não voltara a encontrar trabalho, e vivia do que as pessoas lhe davam como esmola e de uns panos de crochê que ela mesma fazia e que vendia nas feiras e romarias. O filho havia crescido quase sem receber educação, e, quando fez dezesseis anos, foi para Coruña e embarcou no primeiro navio que lhe ofereceu trabalho.

Ramonciño entrou no estábulo, e a Inverna subiu ao dormitório para ver como estava a irmã. Saladina não estava dormindo, mas mais serena, e Dolores aproveitou para lhe explicar que tinham visita em casa, Ramón, Ramonciño, e que agora estava no estábulo para ordenhar a vaca.

— Eu tinha certeza de que ele ia me beijar quando me carregava, e estava muito quietinha e agarradinha, com o peito contra suas costas, paralisada, Dólor, sem mover um fio de cabelo, para que nada nem ninguém pusesse a perder aquele instante – disse Saladina, agarrada à dobra do lençol.

Dolores a fitou com desespero.

— O que você está me contando, sua burra!, bêbada! Não quero mais ouvir falar desse charlatão! Você não vê que Ramón está em casa?!

Saladina ficou muda. Em seguida pareceu ter saído de sua fantasia. Pulou da cama e disse:

— Ramonciño? Em casa?!

A janela estava aberta, por onde entrava o ar fresco da manhã. Ao longe, dobradas sobre a terra, um grupo de mulheres trabalhava nas eiras. Cavavam a terra e cortavam o mato com o enxadão. O ar transportava o fedor do tojo amontoado para fazer o esterco. Um bando de corvos atravessou lentamente o céu.

Abriram o alçapão. O fedor rançoso da vaca: ali estava Ramonciño – elas o viam, mas ele a elas não –, procurando o lugar mais indicado para se sentar. Afinal colocou a banqueta junto da vaca. As Invernas suspiraram tranquilas, ao ver que sua única intenção era ordenhar. Greta havia despertado; levantou o pescoço para o céu e ficou olhando para a frente, com a boca meio aberta e os olhos pesados, como se diante de recordações atávicas, exalando um alento branco pelas narinas.

Na aldeia, muita gente dizia que Esperanza, a mãe de Ramonciño, tinha morrido de maneira suspeita. E que dom Reinaldo, que era quem a tinha como criada, tivera muito que ver com aquilo...

Não havia sido assim. Ou ao menos Ramonciño não se lembrava de que o avô das Invernas tivesse nada que ver com aquela morte. Esperanza a la Puerta de Nicolasa morreu numa manhã de maio, fazendo crochê de cinco agulhas na poltrona de casa. O rapaz, que estava comendo um sanduíche de linguiça sentado diante dela, viu como as mãos da mãe começaram a tremer e o trabalho caiu no chão. O espasmo lhe percorreu o corpo todo, e ao chegar ao rosto se deteve em uma careta irônica. Ramón ficou com os dentes cravados no pão, com a expressão desfigurada, tentando adivinhar se a careta era de riso ou de terror. Toda a sua vida havia sido assim: uma eterna confusão entre as carícias e os cascudos, o riso e o pranto, o amor e a violência.

Afinal, disse:

– Pare de me olhar desse jeito! – Terminou de comer o sanduíche e se levantou. Saiu de casa com a convicção de que sua mãe estava morta; o que nunca soube foi se a mãe havia morrido de alegria ou de tristeza. Poucas horas antes, ele lhe havia contado que ia embarcar e que passaria dois anos fora, pescando em águas argentinas.

Ramonciño soltou os úberes da vaca. Não conseguia se acomodar na banqueta, pois as patas se chocavam contra os galhos do tojo. Levantou-se e tornou a colocá-la.

– Ele suspeita de alguma coisa... – disse uma Inverna.

– Cale a boca! – disse a outra, e com um golpe fechou o alçapão. Começaram a girar sobre si mesmas, como sempre faziam quando estavam nervosas.

– Vou descer!

– Não desça, pelo amor de Deus!

– Está bem!

Tornaram a abrir o alçapão. Umas das duas subiu nas costas da outra, e puseram-se a observar. Ramón ordenhava a vaca.

Fecharam o alçapão, e Dolores desceu ao estábulo a toda a velocidade. Ramón se voltou ao ouvir o ruído. Ao ver a Inverna, levantou-se e retrocedeu alguns passos, assustado.

– Quer dizer que você gosta de leite... – disse ela, lançando-lhe um olhar intenso.

Mas Ramón não respondeu; os olhos da Inverna irradiavam uma estranha luz que o imobilizava. Naqueles olhos Ramón teve a impressão de ver cadeiras e mesas, mulheres que se davam bem, sua mãe fazendo crochê, sentada em uma paisagem gelada numa manhã de fevereiro.

Naquele momento, a vaca Greta mugiu languidamente. Ela se moveu, e ao passar deu um coice em Ramón, um único golpe seco, bem na nuca; ele ficou caído no chão, gaguejando palavras indecifráveis sobre a Compañía e seu amigo Tomás.

A outra Inverna, que estivera observando a cena lá de cima, também desceu. As duas recompuseram o leito de tojo e se dispuseram a atendê-lo. Uma o pegou por um pé e a outra pelo outro, e o arrastaram escada acima até o quarto. Deitaram Ramón sobre a cama. Chamaram o padre e lhe explicaram o que havia acontecido.

Com o padre veio a aldeia inteira, como era comum nesses casos. Mas o mal já estava feito: no dia seguinte, o jovem cuspiu sangue.

Oito dias depois, estava morto.

Segunda parte

"Talvez nos reste apenas um único inverno."
Horácio, Carpe diem

01

Em princípio, não se tornou a falar mais do desagradável assunto de Ramón, são coisas que acontecem, acidentes, imprevistos, mas tão jovem!, e depois, veja você que ele não tinha nem trinta anos; a vida está cheia de surpresas.

Até que uma tarde o prefeito de Sanclás, paróquia da qual a aldeia dependia, apresentou-se na casa das Invernas acompanhado do padre. Vinha trazer-lhes o recado de que um juiz de Coruña queria falar com elas.

Elas não tinham muita vontade de falar das coisas que interessam a um juiz, portanto comentaram com o prefeito e com dom Manuel que iriam mais tarde; as galinhas estavam doentes. Não paravam de brigar, e fazia tempo que não punham um maldito ovo. Era um assunto que tinham de resolver imediatamente.

Quando o prefeito foi embora, o padre ficou conversando com elas. Entre insinuações e subentendidos, disse-lhes que as coisas estavam ficando feias, que já havia um juiz envolvido, e ele também queria o... o contrato de compra e venda de seu cérebro. Também disse que não tinha falado daquilo ao juiz, mas que, enquanto administrava a extrema-unção a Ramonciño, este havia gaguejado palavras desconexas sobre um tal Tomás. Elas sabiam quem era Tomás? E lá vinha outra vez o tal Tomás.

Não; as Invernas não tinham a menor ideia de quem era Tomás. Afinal dom Manuel abriu a porta bruscamente. Disse que depois voltaria em busca do contrato, pois já era hora de almoçar, e que o tivessem pronto e desempoeirado.

"Woolly bear caterpillar, vai cagar", cantaram as Invernas em dueto, com os olhos postos na porta, depois que ele se foi.

Então Dolores pôs o xale e disse à irmã que ia à taberna para ver se encontrava Tristán, você vem?

– Tenho algumas coisas para fazer – respondeu Saladina sem dar maiores explicações.

Dolores a fitou, espantada. Disse:

– Coisas?

– Coisas – disse a irmã com um ar misterioso, dirigindo-se à cozinha.

– E o que você tem para fazer, pode-se saber?

– Coisas... – tornou a repetir Saladina já na cozinha, pegando figos em uma cesta.

Dolores começou a se impacientar. Deu uma olhada nos figos.

– O que você está fazendo com isso? Depois você diz que lhe fazem mal para a barriga...

Mas Saladina não respondeu. Começou a descascar os figos e a jogá-los em uma panela com água. Em seguida, destampou o vidro de açúcar e se pôs a jogar punhados dele na água. Cantarolava.

– Já temos geleia de figos suficiente – disse Dolores.

A outra Inverna continuou o que estava fazendo sem responder. Afinal, depois de mexer os figos e o açúcar na panela durante um bom tempo, sem deixar de cantar alegremente, com sua irmã ainda ali plantada e as mãos na cintura, voltou-se para lhe dirigir algumas palavras. Disse:

– A geleia não é para você nem para mim. Há mais gente no mundo, compreende?

Assim, Dolores acabou indo sozinha – sozinha e confusa – à taberna.

Mas o *caponero* também não estava sozinho; estava tomando uns copos de vinho junto com um grupo numeroso de pessoas que, com os olhos postos na porta, esperavam a chegada de tio Rosendo. Conforme lhe explicaram, era um grande dia; o professor tinha ido a Coruña enfrentar "o seu instante".

– "O seu instante"? – perguntou Dolores.
– O seu instante – disseram eles sem deixar de olhar para a porta.

Além das teorias sobre os labirintos da mente de sua mulher, tio Rosendo tinhas muitas outras filosofias que contava na taberna. Tinha, por exemplo, a teoria de que as pessoas são justamente o contrário do que afirmam ser, de modo que se alguém se empenha em ser tímido, é claramente extrovertido, e se alguém pretende nos convencer de que sabe muito, é porque sabe pouco, ou melhor, nada. Também tinha a teoria de que as dores de dente começavam nas sextas-feiras à noite, e que a pura e simples verdade quase nunca é pura e nunca simples.

Dizia ao padre que no princípio não era a Palavra, mas a Mentira, e que a Mentira frequentemente costuma conter mais verdade que a própria verdade.

Mas sua principal teoria era aquela relacionada com o destino. Todo homem, dizia, resolvia sua vida, seu destino, em um único instante.

Esse instante costumava se apresentar de maneira imprevista, como as dores de dente (apesar de não necessariamente nas sextas-feiras à tarde), mas quando se apresentava, ou a gente se entregava a ele e dava tudo de si, ou ele não tornava a se apresentar nunca mais.

Seu instante chegou afinal no dia em que tinha que ir fazer o exame para revalidar o diploma de *maestro de ferrado*. Na verdade, ele nunca tivera vontade de revalidar o diploma, agora que ninguém punha em dúvida em Terra Chá que ele era o professor, mas aceitou a oportunidade com a resignação com que se aceitam as coisas inelutáveis. Pôs um cartaz na escola: "Fechado por obrigação", e foi para casa se preparar.

Ficou nervoso durante muitos dias, mas a semana anterior à prova foi um tormento. Preparava-se para aquele exame como se nele pusesse a vida. Na taberna, à tarde, contava a todos que não parava de estudar os livros, mas a viúva de Meis revelou que não era verdade, que ele passava o dia apalermado, olhando pela janela. Ultimamente as pessoas não faziam outra coisa além de lhe perguntar pelo assunto. Diziam-lhe que não tinham dúvida de que ele seria aprovado e davam-lhe palmadinhas no ombro. Essas mostras de afeto lhe davam dor de estômago.

Afinal chegou o dia.

Aquele era o dia em questão.

As Invernas o tinham visto subir na primeira hora da manhã em direção à praça para tomar o ônibus, enfiado em um casaco de veludo e com uma camisa limpa de colarinho duro, ofegando. "Lá vai o professor", diziam enquanto lançavam a ração às galinhas. "Sim, lá vai ele."

Durante o dia inteiro a aldeia começara a se juntar para esperá-lo. E logo depois de Dolores chegar à taberna, lá veio ele, muito circunspecto, pelo caminho.

– Ele vem vindo! – gritou alguém à porta da taberna.

Dissimuladamente, todos correram para o balcão. Em seguida formou-se ao seu redor uma roda de atentos ouvintes. Do exame dependia que seus filhos continuassem tendo professor e escola em Terra Chã. Mas era mais do que isso. De fato, continuar tendo professor e escola era o de menos.

– O resultado foi o desejado! – gritou Rosendo para a assistência, muito sério, esticando um pouco o pescoço atormentado pelo botão.

As pessoas suspiraram, tranquilas.

– Que bom! E o que lhe perguntaram? O quê? – quiseram saber.

– Primeiro deem ao seu professor alguma coisa para beber – disse ele com afetada calma. – Estou seco.

Puseram-lhe uma taça de vinho sobre o balcão. Tio Rosendo a esvaziou de um único trago. Os demais o fitavam, expectantes.

– Eles me perguntaram – disse ele depois de arrotar – três pinheiros a um peso cada um, quanto é...? E já se sabe.

– Sim, já se sabe, já se sabe!, três!, que bom!, e que mais lhe perguntaram?

Tio Rosendo ficou muito sério. Fez gestos com uma das mãos para que lhe servissem outro vinho.

– Depois... – continuou, pondo a mão no queixo – foi um exame difícil, para que vou enganá-los, depois me perguntaram de que podia ser um bosque. Eu respondi que de "árvores" ou de "feras".

Os homens da taberna aplaudiram, uivaram de alegria e celebraram brindando com vinho. Realmente, estavam orgulhosos da sabedoria de seu professor.

– Muito bem respondido, tio Rosendo, muito bem! E que mais perguntaram?

– Depois me perguntaram quanto é sete vezes sete.

– E...?

– Então eu, que não percebi que tínhamos voltado à matemática, pensando que continuávamos na geografia, lhes disse que era o rio Minho.

Silêncio geral. Uma mosca pousou no nariz do professor. Ele abriu a mão, agarrou-a e lhe arrancou uma asa.

– E, claro, aí me engasguei...

Soltou a mosca. Todos a viram caminhar sobre o balcão. Sem poder voar, corria de um lado para outro.

– Bom, mas foi aprovado.

Tio Rosendo soluçou duas vezes.
– Fui.

Apesar da excitação geral e dos brindes que se seguiram ao relato do professor, a Inverna Dolores conseguiu falar separadamente com Tristán. Como sempre, o *caponero* tinha pressa ("tenho que chegar em casa *muito antes* do que você pensa"), mas ela conseguiu convencê-lo a passar para dar uma olhada nas suas galinhas.

De modo que, no meio da tarde do dia seguinte, Tristán foi à casa delas, tal como havia prometido, seguido de um capão e de um galo de polainas brancas. Conforme explicou, tinha pouco tempo porque precisava ir até Arzúa vender o galo; o capão vinha com ele porque ainda era pequeno, e logo seria hora de cevá-lo.

Antes de mais nada, o *caponero* quis fazer algumas perguntas sobre o assunto que vinha resolver.

– As suas galinhas se mostram carrancudas? – perguntou.

As Invernas responderam que sim; que, quando tentavam afastá-las daquele canto para que comessem e bebessem, elas se mostravam irritáveis e não queriam nem se mexer.

Em seguida Tristán perguntou se havia galo no galinheiro. Ao que as Invernas responderam que havia pouco tinham posto um galo, mas que as galinhas eram chocas e sem crista desde que elas se lembravam, e que sempre tinham posto ovos sem a intervenção do galo. Tristán tornou a assentir, enquanto lançava olhadelas ao relógio.

– Há quanto tempo esse galo está no galinheiro? – perguntou então.

Várias semanas. O galo devia estar havia algumas semanas entre o grupo, pois Dolores o havia comprado mais ou menos quando Saladina começara a ir ao consultório de Tiernoamor. (Saladina sorriu, deixando entrever a gengiva desdentada.) Também disseram que desde que aquele galo chegara, as outras haviam deixado de ser limpas. O pior era o esterco por toda parte.

O *caponero* entrou no galinheiro e observou as galinhas; ia de um lado a outro, curvado, cocoricando para não as assustar. Apalpava-as da cabeça ao rabo, examinando-lhes bico, crista, asas e pés. Ao tato notava se havia alguma excrescência, pena ou crista machucada, tocava-lhes o bucho e adivinhava o que haviam comido. Parecia sentir-se bem ali dentro, como se aquele fora o seu meio. Mas logo tornou a olhar o relógio ("tenho que chegar em casa *muito antes* do que você pensa"), e disse alarmado que precisava ir embora.

Na trilha, ao se dirigir à feira de Arzúa, deu de cara com o padre. De péssimo humor, dom Manuel voltava para reclamar seu contrato de compra e venda, do qual as Invernas pareciam ter se esquecido. Deram mil desculpas, as galinhas, a costura, o requeijão... Além disso, elas não sabiam nada daquele assunto!

O padre então disse que voltaria logo; tinham que conversar com calma sobre muitas coisas. Disse também que se tinham pensado em ir à missa das sete, que não fossem, pois ele não se encontrava nada bem, ao descer pela trilha havia sentido um peso na cabeça, um peso que o fazia inclinar-se para a frente, e que, se estivesse perto de uma janela, o lançaria para a rua e talvez até poderia arrastá-lo pelo caminho; com certeza devia tratar-se de uma gripe.

– Escute uma coisa! – disse Dolores quando ficaram sozinhas.
– O quê? – respondeu a irmã.
– Você acha que *woolly caterpillar* suspeita de alguma coisa?

Saladina foi até o armário, abriu-o e tirou a caixa de retalhos.
– O padre?
– O padre.
– *Do que aconteceu conosco*, você quer dizer?
– Sim, *do que aconteceu conosco*.

Mas Saladina não respondeu; de novo parecia estar em outro lugar. Escolheu uma flanela azul enquanto sussurrava que estava fazendo um colete, vai ficar bom com este pano, não é?, e onde estão meus óculos de costurar, Dólor?, você os viu? Ah!, estão aqui, que tonta! Tirou o carretel, chupou a ponta da linha várias vezes e a enfiou.

02

*J*ulho se eternizava com a umidade pegajosa de Terra Chã, os morcegos voavam baixo, bêbados de calor e de luxúria, as eiras amarelavam e as cigarras cantavam; as moscas procuravam abrigo nas casas, e os insetos grudavam na pele das pessoas.

A vaca Greta mugiu às cinco da manhã.

Saladina abriu um olho, tirou o braço de baixo dos lençóis e, movida pelo costume adquirido ao longo de muitos anos, apalpou a mesinha de cabeceira à procura da dentadura. Em seguida disse a si mesma: "Que boba, mas se já estou com ela!" Levantou-se. Tirou o urinol de porcelana de baixo da cama e colocou-o no meio do quarto. Levantou a camisola, flexionou os joelhos, ajeitou a bunda e se pôs a desaguar. Quando o primeiro jorro caiu, exalou um longo suspiro.

O ruído acordou Dolores, que se manteve em postura fetal, fingindo de adormecida, ou melhor, de morta, com a vista fixa no teto descascado, um elefante, uma estrela, uma flor. O sol entrava à vontade no quarto, e durante um momento ela ficou assim, observando atentamente os detalhes e as filigranas que a umidade desenhava na cal. Apoiando o ouvido no travesseiro, entretinha-se em contar as batidas do coração. Mais um dia. Mais um dia em companhia da irmã. A vaca, o monte, a Singer. Cerzir, varrer, arrancar as teias de aranha e esfregar. A mesma coisa que fizera na véspera e que faria no dia seguinte. Já havia algum tempo ela começava a pensar que essa rotina que tanto as havia consolado ao chegar a Terra Chã não era agora nada além de uma forma de envelhecer.

Enquanto ouvia cair o jorro anestesiante da urina da irmã, ela se pôs a pensar no cinema, e o cinema a levou a Ava Gardner. Já se sentiam os vapores da urina (horríveis e fétidos), e ela não conseguia tirar da cabeça a ideia de que a atriz viria rodar na Espanha, e que para esse filme estava procurando dublês, mulheres altas, de cabelo ondulado, que falassem inglês. Justo quando pensava que poderia muito bem ser dublê, o mijo da irmã lhe salpicou o rosto. Por que tinha que aguentar aquela vida? Cobriu-se com o lençol e se virou. A irmã estalou a língua e gemeu de prazer ao contemplar com as pernas abertas a abundante espuma que flutuava sobre o urinol. Afinal havia terminado.

Desde que ouvira a notícia, aquela tarde de junho em que dava de comer às galinhas, Dolores não havia parado de pensar que ser atriz era o que sempre havia desejado, e que aquele filme que se rodava na costa espanhola era a sua oportunidade. De novo o jorro como uma torneira aberta, as cataratas do Niágara. Mas ela já não havia terminado?

Tornou a salpicar-se, dessa vez nos ombros. Que nojo! Ela ia ficar desaguando toda a bendita manhã?

Com a desculpa de que tinha de ordenhar a vaca, Dolores se levantou e desceu para o estábulo. Greta estava no seu canto, respirando tranquilamente. Sentada em um banquinho, com o rosto inclinado, descansou a face direita contra o seu lombo. Ultimamente, a vaca havia emagrecido tanto que os ossos saltavam como as costelas de um barco, e por seu olhar se intuía que ela estava doente. Diante daquela magreza, as Invernas haviam procurado milhares de desculpas, que ela realmente estava velha, que de fato fazia exercício demais subindo todos os dias ao monte... Mas a questão era outra; na aldeia estavam acontecendo coisas, e Greta também era vítima disso.

Não apenas na aldeia; alguma coisa estava se distorcendo no universo em que até então as duas mulheres tinham vivido tão comodamente. No ar pairavam sinais de uma tensão doméstica e secreta. Já não eram as discussões infantis e inocentes de antes.

Viviam juntas, trabalhavam juntas, dormiam juntas como duas amigas, mas estranhas uma à outra, cada vez mais conscientes de que algo as separava: entre as idas e vindas ao monte, entre as rixas e os momentos de carinho, a insatisfação se enroscava lentamente no coração das duas mulheres. O universo já estava se distorcendo havia algum tempo – ou melhor, *se contorcendo*.

Todos os dias Dolores perguntava na taberna se alguém sabia a data exata em que a atriz Ava Gardner aterrissaria na Espanha; nada. Ninguém sabia nada sobre aquele assunto. Nem mesmo sabiam quem era Ava Gardner. Até que um dia em que Dolores se aproximou em busca de uma jarra de vinho, a dona do antro, sempre pendurada na televisão, disse-lhe que haviam noticiado no Na-Do[1] que uma atriz americana havia saído de Nova York e estava hospedada em um hotel em Londres, pronta para vir à Espanha. Era por essa atriz que ela havia perguntado no outro dia?

Ao voltar para casa, Dolores encontrou Saladina comendo figos na cozinha. Continuava à espera de que Tiernoamor a chamasse para lhe colocar os dentes que faltavam. Não o tinha visto desde aquele dia em que ele a trouxera bêbada para casa, e continuava com os três vãos na gengiva. Nessa manhã, aproveitando que a irmã tinha ido à taberna, enfiou em um cesto dois potes de geleia caseira, alguns figos e o colete de flanela que já havia terminado. Com o cesto na cabeça, dirigiu-se à casa do senhor Tiernoamor.

Mas o protético não quisera lhe abrir a porta. Limitara-se a lhe gritar da janela que ainda não tinha os seus dentes, Inverna, e que logo a chamaria. "Posso entrar um instante, Tierno?", disse

---

[1] Programa de notícias e documentários obrigatório na tevê espanhola na época de Franco. Depois de 1975 deixou de ser obrigatório, e acabou em 1981. (N. da T.)

ela timidamente. "Trouxe uns presentes para você." "Estou muito ocupado", foi a resposta. E em seguida fechou a janela.

Saladina voltou para casa com o cesto na cabeça e se meteu na cozinha. Comia figos sem pensar em nada quando a irmã entrou. Tirava-os do cesto, arrancava o cabo com a gengiva e o cuspia no chão. Depois enfiava-os inteiros na boca e, sem nem ao menos mastigar, engolia-os.

A irmã os via descer pela garganta.

Glup,

e o volume desaparecia.

Ela nem mesmo levantou a vista quando Dolores entrou. Ficara à espera dela, e enquanto esperava começou a se sentir mal, a se sentir sozinha, abandonada, a sentir a ausência como um arpão cravado no coração.

Olhando para a frente, com o figo na boca, Saladina disse:

– Já estão assim há algum tempo.

Dolores a olhou sem compreender.

– Quem? – perguntou, dando uma olhada ao redor.

Mas Saladina não respondeu; limitou-se a cuspir o cabinho no chão.

Um pouco atordoada, Dolores destampou a Singer, enfiou um carretel e se pôs a terminar uma encomenda. Durante um momento só se ouvia o monótono *tchuc, tchuc* da máquina de costura.

Lá fora começou a chover.

Um mocho-orelhudo sobrevoou a casa.

Saladina se levantou e foi até a janela.

– Só pedem umas palavras de consolo, talvez um pouco de companhia – disse.

Sua irmã ergueu o vestido que estava costurando... sim, parece que o comprimento será suficiente, o decote, a axila... logo estará pronto. Parou a máquina e mirou ao redor. Tinha se dado conta de que, em sua ausência, a irmã não só se dedicara a comer figos, como tinha esvaziado a garrafa inteira de anis.

– De quem você está falando? – perguntou. – Às vezes você me deixa louca.

– Estou falando delas – disse Saladina, apontando o galinheiro com um dedo trêmulo.

A irmã olhou para fora.

– As galinhas? – perguntou. – Já estão melhorando. Já te contei que ontem uma delas pôs um ovo. Parece que Tristán as curou só com a sua presença...

Saladina tornou a sentar.

– Meu intestino está se remexendo – disse.

– Lá vamos nós outra vez com a cantilena do intestino. É por causa dos figos –disse-lhe a irmã, ligando outra vez a máquina. – Você está comendo figos há meses. Vai ter diarreia. Quer que eu prepare um chá de camomila?

– Não se esqueça de fazer uma cova bem funda quando eu morrer, Dolorciñas...

Dolores continuava a costurar, envolta no surdo rumor da máquina. Por fim disse:

– Você está com gases.

– E se eu ficar seca sentada, primeiro me deite na cama, como fizemos com Ramonciño e também... – De repente, Saladina se aproximou e agarrou brutalmente a irmã pelo pulso, lançando-lhe um olhar feroz: – Não fizemos a mesma coisa com o teu Tomás...?

Dolores se desembaraçou do braço e parou a Singer. Desde que acordara estava tentando se conter, mas já não aguentava mais. O último comentário havia passado da conta. Afastou a irmã, subiu ao andar de cima e se fechou no quarto.

Tirou a maleta de baixo da cama e começou a enchê-la de roupa. Tirou o retrato de Clark Gable da parede e o envolveu em uma camisola. Fugir dali. Era isso que ia fazer. Porque, na verdade, o que a unia à irmã?, que necessidade havia de viver eternamente com ela? Nem todas as irmãs viviam juntas. Tossa de Mar; só de pronunciar essas palavras, sua cabeça se enchia de sal e de liberdade. Já tinha tudo de que precisava na maleta quando ouviu passos no corredor. A porta se abriu de par em par, como se tivesse sido empurrada pelo vento.

Saladina estava no umbral, com o candeeiro na mão. Ficou olhando para Dolores com os olhos cansados repletos de ira, como relâmpagos negros.

Então ela começou a falar. Ou melhor, a cuspir as palavras. As frases foram caindo concisas, graves e mordazes, jogando a lembrança no rosto da irmã, a culpa atroz por tudo o que acontecera durante aqueles dias.

(Mas mais que culpa, sentia *frio*, um medo oco dentro de si. O medo ainda estava ali em forma de um buraco gélido e gosmento, no espaço antes ocupado pela segurança de todos os dias.)

Os dias anteriores ao seu casamento. Anteriores à fuga.

1942. Dolores acabava de se casar com o tal Tomás, pescador de polvos e de fanecas. Um casamento simples, um vestido creme abaixo dos joelhos, um ramo de urzes, um lanche de chocolate com churros. Estava há uma semana em seu novo lar quando começou a perceber que era só olhar o marido de manhã que seu estômago começava a se retorcer de forma estranha, algo como um leve nojo; o que estava fazendo com aquele homem que arrotava na primeira refeição da manhã, encolhido sobre si mesmo, sem dizer palavra? O que estava fazendo com aquele grosseirão que fedia a peixe?

Por mais que o olhasse, não conseguia compreender o que a tinha levado a tomar a decisão de se casar. Ela, que era educada como uma moça fina, que havia sido atriz em um filme e até falava inglês... Sem dúvida tinha confundido o casamento com outra coisa. Lembrou-se então das advertências da irmã: "Os homens, logo depois de casar, se enchem de vícios, ficam barrigudos, cheiram a peido..."

Um dia, então, disse-lhe: "Olhe, Tomás, minha irmã está doente. Vou a Coruña por alguns dias para cuidar dela".

Junto com a mala recém-arrumada, Dolores se lembrou (teve de ouvir as palavras cuspidas pela irmã) de como Tomás se remexera na cadeira, erguera a cabeça e a fitara.

Lembrava-se de seus olhos negros cravados nela, e recordou as palavras.

– Você não vai a parte alguma.

E ela:

– Serão apenas alguns dias.

E ele, sem deixar de fitá-la:

– Já conheço essa história.

E ela:

– Não é história. Minha irmã está doente.

E ele:

– O que está acontecendo com aquele estrupício sem dentes?

E ela:

– Mais respeito!

Dolores se lembrava (teve de ouvir) de que afinal Tomás havia concordado que ela fosse. E de suas palavras de despedida na porta:

– Um mês, Dolores. Se você não estiver de volta em um mês, vou buscá-la e a trago de volta para casa, viva ou morta.

Enquanto tirava a roupa e tornava a colocar a maleta em seu lugar, Dolores se lembrou de que realmente havia voltado.

Mas não sozinha; sua irmã Saladina a acompanhava.

03

— igo e repito que você anda todo santo dia como que possuída por essa *Superestrellas* e pelo mar. Que história é essa que tenho escutado você falar em sonhos sobre Ava Gardner? – perguntou Saladina à irmã. – Não tem a ver com a mala que você fez outro dia?

Tinham estado fazendo pão de fermento no forno comunal. O forno de pedra era o lugar de reunião dos vizinhos de Terra Chã, principalmente das mulheres que não iam à taberna; enquanto o esquentavam jogando tojo seco desde as seis da manhã, resolviam os problemas do mundo. A viúva de Meis costumava passar por lá todos os dias, tivesse ou não pão para assar. Era ali que falava abertamente de sua *ausência*, explicando a todo mundo que era um ardor intenso dos rins que se sente ao entardecer, ou do que havia "além" do muro de sua casa. Foi ela que levou a notícia de que Saladina estava colocando dentes novos no consultório do senhor Tiernoamor, e de que ela se havia apaixonado pelo protético. Também foi pela viúva de Meis que todos no forno ficaram sabendo da morte de Ramón em circunstâncias estranhas, e que um juiz de Coruña havia chamado as Invernas para depor.

Mas agora estavam sozinhas. Com uma raspa de madeira tinham tirado as cinzas do forno durante toda a manhã, enquanto o calor lhes ruborizava as faces.

Diante da insistência da irmã, Dolores não teve outro remédio senão confessar. Tinham lhe confirmado a notícia na taberna: Ava Gardner estava para chegar à Espanha para rodar o novo filme. Você se lembra? Nós lemos isso na *Superestrellas*. Estão procurando dublês para a filmagem em Tossa de Mar, mulheres altas, de cabelo escuro e ondulado, se possível que falem inglês, para certas cenas de pouca importância, para que a atriz possa descansar, o que você acha, Sala?

Ao ouvir isso, Saladina se impressionou tanto que ficou sem fala. Com as mãos trêmulas, começou a enfarinhar a massa, e a seguir, com uma pá grande, redonda e plana, empurrou-a para o fundo do forno. Selou o forno com bosta de vaca, voltou-se lentamente e por fim disse, tremendo:

– Não, não, não... você está pensando em se apresentar... em se apresentar como dublê?

"Dublê." Havia palavras lindas e palavras feias. Palavras duras e palavras brandas. Palavras amigas e inimigas. Suaves e vigorosas. Saladina tinha listas e listas de palavras. Ambas conheciam a palavra "dublê" pela *Superestrellas del Cine*. Mas enquanto a palavra transportava uma das Invernas para um lugar exótico, para a outra era o mesmo que dar de cara com a desgraça.

Dolores limpou nervosamente as mãos no avental e respondeu que talvez, que por que não.

– Os homens da aldeia me acham bonita... – acrescentou. – Assobiam para mim sempre que passamos pela praça. Vão ser apenas algumas cenas. Mas provavelmente não vão me contratar.

Saladina deixou a pá cair no chão. Uma onda de raiva acabava de lhe subir ao rosto. Urrou:

– Essas cenas são sempre nus que as atrizes se negam a fazer! Porca!

– Bom, não pense que... – Dolores ficou em silêncio. Depois tomou fôlego: – Há anos, há uma vida que espero por esse momento. Não sei muito bem em que vai consistir, mas vivo para ele, persigo-o... Ele me mantém viva a cada dia, Saladina, me faz subir ao monte, esfregar, costurar, cuidar dos animais. Não penso em outra coisa... e quem sabe... estão acontecendo coisas na aldeia. Talvez nos reste pouco tempo. Talvez nos reste apenas um inverno. Talvez amanhã já seja tarde demais. Tenho que...

– Você tem de ir? Os homens assobiam quando você passa? Felizes? Vou dizer uma coisa, bobinha, você parece uma garota brega de treze anos repetindo as besteiras que leu na *Superestrellas*. Não se muda de vida nunca. Por mais que você viaje, que procure fora, sua vida continuará sendo o que é. A que você tem agora. A que vive *dentro de você*.

Dolores lhe retrucou dizendo que ultimamente ela também queria mudar de vida com a dentadura nova. E que tinha notado que ela se dava bem com o senhor Tiernoamor, e que...

– Quem você acha que é, Ava Gardner? – cortou Saladina. – Além do mais, isso custa dinheiro! Não temos dinheiro nem para consertar minha boca! Olhe para a minha cara se tiver coragem! Me faltam três dentes! Você acha que eu os ponho para me vangloriar?

Dolores fitou a irmã. Com a boca aberta, desdentada, ela era realmente horrível.

Cabisbaixa, começou a decorar o resto da massa, cobrindo-a com ovos cozidos. Seus olhos começaram a ficar úmidos.

– Uma das ovelhas parece estar prenhe, vamos fazer muito requeijão e o venderemos... Acho, tenho certeza de que fiquei sabendo que Ava Gardner vem à Espanha por alguma razão. É o destino que está me guiando por esse caminho. – Começou a soluçar. – Sim... se eu estava ali dando de comer às galinhas quando ouvi a notícia no rádio, é por alguma razão... eu nem costumo lhes dar de comer nesse horário.

Saladina agarrou-lhe uma mecha de cabelo, atraiu-a para si e a olhou fixamente. Disse:

— Existem dois mundos, Dolorciñas: o que se vê com os olhos e o que se vê através da câmera. Só o primeiro é válido. Nos filmes, tudo tem razão de ser. Se Ashley acaba se casando com Melanie, uma mulher boa e adorável, é por alguma razão. Mas a vida é diferente. Está cheia de acontecimentos estúpidos e de dias estúpidos que não servem para nada. As coisas são e pronto, e precisamos aceitá-las com resignação. Além disso, não queira ser como Ava Gardner. Você não sabe que ela se divorciou de Mickey Rooney?

A irmã lhe respondeu entre soluços:

— Sim, porque ela procurava nele ternura, amizade e compreensão. Eu li isso na *Superestrellas*. Mas ele a deixava dormindo e ia jogar golfe. Como o meu Tomás...

— O teu Tomás não jogava golfe.

— Bom, mas ele ia pescar polvos, que é parecido.

Saladina se aproximou ainda mais. Disse lentamente:

— Agora que você mencionou os polvos...

Dolores afastou o pescoço. O cheiro pútrido da boca semitratada da irmã chegava até ela.

— Você sabe *por que* eu tiro os polvos do teu jantar. Só não sei o que você fez...

— Você tem razão... Sala. — As lágrimas escorriam pelo rosto de Dolores. — Não pense que não me lembro daquilo. Você acha... penso nisso constantemente, é uma obsessão... você acha que eu fiz, que nós *fizemos* bem, Sala?

Saladina olhou as unhas cheias de farinha:

— Do jeito que as coisas aconteceram, *você fez* o que tinha de fazer.

Dolores esboçou um sorriso forçado.

— *Fizemos*, não?

— Bom, fizemos. Você prefere assim? — Saladina ergueu os olhos.

Dessa vez Dolores se expressou claramente.

– Não me venha dizer que eu tenho de carregar a culpa sozinha, não é?

– Ah, não! – sorriu Saladina –, mas eu também não, imagino!... Só faltava isso!

Dolores a fitou por um momento, com uma vontade enorme de insultá-la.

Saladina disse:

– Não brinque com fogo.

– Você está me decepcionando...

– Não estou fazendo nada, Dolorciñas. Você mesma é que forjou o seu destino. Nós fizemos, ou melhor, *você fez* o que tinha de fazer, mas agora não pode sair pelo mundo assim sem mais, lembre-se disso. Você tem de ser consequente. – Saladina assumira um ar ausente. – Onde você disse que é isso...?

– Isso o quê?

– A filmagem...

– Em Tossa.

– Ah, sim, Tossa de Mar! Quando se toma uma decisão desse calibre, deve-se pensar nas consequências. Ficamos uma noite inteira pensando na estratégia, e eu te recomendei umas mil vezes que não se casasse com aquele pescador de polvos. Fica longe...?

– O quê?

– Tossa.

As lágrimas saltavam dos olhos de Dolores. Rodavam redondas e brilhantes até o vestido.

– Lá pela Catalunha.

Recolheram a farinha que havia ficado na bancada e guardaram a pá.

Saladina tornou a ficar pensativa. O sangue lhe fervia como um veneno.

04

No dia seguinte subiram ao monte Bocelo para levar um dos pães de fermento que tinham feito. Já estavam havia algum tempo preocupadas com a ideia de que Tiernoamor não colocaria os dentes que faltavam em Saladina se ela não pagasse, e a velha tinha dinheiro, maços, diziam na aldeia, debaixo do colchão.

Encontraram a velha sentada em sua choça, assando uma linguiça no fogo. Não parecia ter cem anos. Na verdade, parecia atemporal. Ao vê-las, fez com que entrassem e sentassem. Disse que nunca em sua vida se sentira melhor, agora que pensava que afinal sua hora havia chegado.

As Invernas foram direto ao assunto. Traziam-lhe um pãozinho, mas em troca queriam o dinheiro que seu avô lhe havia entregado pela suposta compra de seu cérebro. A velha levou uma das mãos atrás da orelha: como? O dinheiro!, gritaram as Invernas. Ela as contemplou, sorridente. Então tornou a contar o que acontecera naquele dia em que dom Reinaldo passara por ali e, olhando-a fixamente, lhe dissera que seu cérebro era como a Catedral de Santiago. Ela contava aquela história para todo mundo, porque aquele fora um dos dias mais felizes de sua vida.

Ao que as Invernas responderam que já sabiam disso, que precisavam era do dinheiro.

A velha chupou o interior das bochechas, deixando escapar um estalo.

– Portaram-se muito mal com o seu avô, filhas – disse ela, virando a linguiça que estava assando.

Tinham ouvido falar disso, disseram as Invernas. Mas não sabiam por quê. A lembrança não era clara, eram pequenas quando tudo havia acontecido, mas agora o que elas queriam era o dinheiro que lhes correspondia por serem netas de dom Reinaldo.

A velha tirou a linguiça do espeto. Cortou um pedaço de pão e fez um sanduíche. Mordeu-o com os poucos dentes que tinha. Com a boca cheia, disse:

— Dom Manuel, o padre, tinha muitas dessas linguiças no porão. E paio, azeitonas, sardinhas em lata, feijões, geleias, pacotes de bolachas... que contrabando tinha aquele gordo! Quando o descobriram, ele ficou muito nervoso. Disse que aquilo era de toda a aldeia, que ele só administrava... Que sua mãe era muito idosa e estava fraca, e precisava comer... A mãe já estava morta naquela época, mas ninguém ficou sabendo até alguns dias depois!

As Invernas disseram que se lembravam de que a mãe do padre estava inválida e que passava o dia sem sair de casa.

— Ela não precisava sair — respondeu imediatamente a velha de Bocelo —, tinha o filho para lhe contar as intimidades de todos. Olhem, uma vez fui confessar um pecadinho de luxúria, e no dia seguinte, quando passei na frente da casa do padre, a mãe me fez psiu pela janela e me fez entrar. Me disse que o que eu estava fazendo era muito errado e até me deu a penitência. Desde então, nunca mais confessei nada ao padre...

A velha de Bocelo coçou a cabeça quase calva com o indicador ossudo.

— De qualquer modo, aqueles médicos de Santiago com roupas negras brilhantes como escaravelhos também acabaram vindo quando dona Resurrección bateu as botas, por mais que seu filho a escondesse, assim como quando morreu a criada Esperanza... Enfim, eu estava lhes contando que, como não quiseram acreditar nele e iam condená-lo, dom Manuel os chantageou com a história de dom Reinaldo. Foi ele que espalhou que o seu avô reunia na lareira um grupo de médicos, poetas e prefeitos, como hei de saber...

e que haviam organizado um comitê para repartir o trabalho, os víveres e também as riquezas.

Ela se levantou e ergueu o catre sobre o qual estivera sentada. Surgiu um maço de cédulas. Saladina as pegou e as meteu rapidamente no bolso do avental. Depois tornou a tirar um cantinho do maço e o examinou dissimuladamente.

– São suas, minhas meninas. Fico mais tranquila – disse a velha. – O padre já me disse que vocês lhe entregaram o contrato, e que ele guardou em lugar seguro. Sabem qual é o meu único desejo? Ver a Catedral de Santiago, vejam só. Dizem que é muito bonita, e que muita gente vai lá cumprir promessas... E agora, se não se importam, deixem-me dormir um pouco. Meu sono está muito, mas muito atrasado...

Poucos dias depois a velha morreu.

O padre havia subido à choça com o fastio e o mau humor de todos os dias. Encontrou a mulher sentada. Esperando por ele.

– Padre – disse ela com os olhos arregalados –, já sei o que está acontecendo comigo. Deus se esqueceu de mim.

– Mas, mulher!

– Tenho cento e dez anos. Veja – ergueu a mão e se pôs a contar nos dedos –, estive calculando. Quando surgiu a praga da filoxera de 1880, eu era uma jovem de uns quarenta. Ou Deus não sabe contar, ou se esqueceu de mim – repetiu ela, convencida.

Entraram os dois na choça.

– Durma um bocadinho, mulher, que eu vou ficar aqui um pouco rezando, recordando a Deus a sua idade – tranquilizou-a o padre.

– Vai lhe dizer que são cento e dez? É importante lembrar-lhe a cifra.

– Agora mesmo. A senhora pode dormir, estou lhe dizendo que me comunico bem com Ele.

A velha se enfiou na cama. Cobrindo-se com uma manta asquerosa, disse:

– Fale da praga da filoxera, Ele vai se lembrar disso. – Ficou um instante em silêncio e depois começou a fazer ruídos com a boca. – Sabe do que eu gostaria, padre?

O cura negou com a cabeça.

– De ver a Catedral de Santiago. Dizem que muita gente vai lá fazer promessas.

– É verdade – disse o padre. – Os peregrinos.

A velha começou a fechar os olhos. Acrescentou:

– Obrigada por recordar a Nosso Senhor a minha idade. É normal que ele não se lembre dos detalhes, somos tantos!

Dom Manuel começou a rezar.

– Também lhe agradeceria se, quando eu morrer, me levar para ser velada na sua casa. Tenho tanto medo que alguém me faça o que fizeram com a sua mãe!

– Senhora!

Mas quando dom Manuel quis dizer até logo, até amanhã, como todos os dias, a velha tinha morrido.

O padre ficou tão impressionado (e até, não sabia por quê, *culpado*), que decidiu cumprir a última vontade da velha, velando o corpo em sua própria casa. E para que não faltasse nada nem ninguém, serviu um banquete fúnebre e encarregou a criada de secar frutas para servir. Até contratou uma choradeira amiga de tia Esteba.

Como era de esperar, ninguém faltou ao velório. Depois de comprovar que a velha tinha morrido (ainda havia gente que não conseguia acreditar) e de prenteá-la, atiraram-se ao toucinho, aos pãezinhos e aos paios, servidos com vinho da região na sala contígua, e puseram-se a contar histórias de tesouros escondidos e de pessoas que voltavam de países longínquos transformadas em galinhas.

As Invernas também não faltaram. Quando já era hora de sair, Dolores quis se despedir da velha pela última vez.

Entrou silenciosamente no quarto, e, para sua surpresa, verificou que a mulher não estava sozinha. Ali estava o senhor Tiernoamor, inclinado sobre ela. Parecia que lhe sussurrava alguma coisa, que estava arrumando o colarinho da camisa ou que lhe colocava delicadamente um colar. Ela se aproximou um pouco mais por trás. Não, ele não estava falando com ela. O que o senhor Tiernoamor tinha nas mãos? Umas tenazes. Tudo aconteceu como num sonho.

Dolores viu como o protético arrancava com gana os três ou quatro dentes que restavam à pobre velha.

Saiu correndo dali.

05

Câmeras, refletores, falsos cenários, pescadores que trabalhavam como extras, ciganas, um toureiro, americanos com bonés por toda parte, a luminosidade do Mediterrâneo, o calor, as casas caiadas e decoradas com flores... Quando aqueles homens estrangeiros lhe pediram que se despisse, ela não se alarmou. Afinal de contas, era para isso que tinha ido até lá, e sua irmã lhe havia advertido de que se trataria de cenas de nus que ninguém quer fazer. Não é que lhe agradasse que a vissem assim, mas também tinha consciência de que aquela era a sua grande oportunidade. Abaixou a saia, tirou a calcinha e desabotoou a blusa.

Os seios saíram disparados, à procura de ar fresco – em busca da liberdade que lhes havia sido negada durante tantos anos.

Um dos homens lhe media – e até pesava, fazendo concha com a mão – os seios com delicadeza, como se aquela prova só tivesse que ver com o peso dos seios. Dolores fechou os olhos. Enquanto a mesma mão deslizava agora lentamente pelos braços e axilas, teve a sensação de que outra mão lhe tocava o umbigo. E outra mais o púbis. Havia mãos demais ali. "Relaxe, Dolores, já estamos acabando."

Dolores abriu os olhos. Um homem com olhos de polvo a observava, sorridente. Havia zombaria, ou pior, escárnio naquele olhar. Depois de um instante, o homem desapareceu, deixando-a sozinha diante das câmeras, mas ela percebia com horror que uma massa fria e gelatinosa havia penetrado por seu decote e avançava pelo seio. "Relaxe, acabamos num instante", tornou a ouvir. "É uma sorte que você esteja interpretando esse papel, principalmente levando em conta a quantidade de mulheres que se apresentaram nos testes; você vai entrar para a história do cinema." "Sim, imagino", disse ela. Tinha tornado a fechar os olhos quando ouviu a voz gasta de sua irmã Saladina.

– Com quem você está falando, Dolorciñas?

Dolores acordou. Com a camisola revolta, ofegava, banhada em suor. Era apenas um sonho. Mas ela ficou com uma sensação muito real no peito: no interior do reino do remorso estava o polvo viscoso.

Poucos dias depois, o mesmo sonho retornou, e ela quis contá-lo à irmã, para aliviar a consciência. Chamou-a da cama várias vezes, e, não obtendo resposta, acendeu o candeeiro; a cama estava vazia.

Pensou então que ela talvez estivesse na cozinha concentrada em alguma lista, ou talvez comendo figos.

Mas ela não estava na cozinha.

Tampouco na horta. Nem no galinheiro.

Nem no monte. Nem no rio.

Nem no consultório do senhor Tiernoamor, que explicou que no dia anterior havia terminado de lhe colocar o último dente.

Quando já começava a se preocupar, Dolores encontrou um bilhete sobre a Singer:

"Voltarei logo, Dólor, não se preocupe comigo.
Sua querida irmã,
                                        Saladina."

Dolores não estava preocupada, mas no dia seguinte sentia-se profundamente só. Só e atordoada (onde poderia estar aquela tonta?). Ao amanhecer, procurou refúgio nos trabalhos cotidianos. Deu de comer às galinhas, ordenhou a vaca Greta e levou os animais para pastar. Deveria fazer requeijão e preparar mais geleia de figos para quando a irmã chegasse, era sua sobremesa favorita, mas também não queria mostrar fraqueza com grandes demonstrações de afeto. Tinha recolhido muitos galhos finos para encher a lenheira. Saladina sempre se queixava de que para que a havia construído se sempre estava vazia. Uma das ovelhas estava prenhe, quando Sala visse!

Mas no dia seguinte Saladina também não voltou.

O terceiro dia foi o mais difícil de todos. O peso da solidão se mesclava a uma sórdida sensação de alívio (na realidade, não era isso que ela queria?), mas Dolores quase não conseguiu sair da cama. Havia acordado com a terrível certeza de que Saladina estava perdida em alguma parte. Afinal se pôs em marcha; pensava que se a irmã voltasse naquele instante, não gostaria de vê-la assim, triste e desocupada.

No monte, em plena luz, sentiu medo. Mais tarde, junto com algumas pessoas da aldeia, estiveram a procurá-la até que começou a escurecer.

Saladina também não veio à noite.

No quarto dia, suspeitou de que talvez não tornasse a vê-la. Mas, bem, as coisas dela estavam ali, sua roupa, a garrafa de anis, o que ela faria sem a Singer?, com o que havia custado!

As horas se fizeram eternas. A casa estava mergulhada em silêncio. Não ter a irmã ali, lamentando-se enquanto bebia anis, queixando-se de que queria matá-la metendo-lhe pedras entre as lentilhas ou tratando-a pior do que às galinhas, era como se de certo modo não estivesse nem fosse *ela mesma*. Justo quando ia se meter na cama, ouviu o chiar das rodas de uma carroça. Olhou pela janela. Bufou de decepção ao verificar que era a viúva de Meis.

A Inverna lhe abriu a porta. Depois de varrer a casa com o olhar, examinando as paredes esburacadas e os móveis quebrados dos quais pendia a roupa úmida, e de perguntar por que estava sozinha, a mulher explicou que vinha reclamar o contrato de compra e venda de seu cérebro. Dolores disse que não o tinha, ao que a viúva retrucou que poupasse o fingimento, que antes de morrer a velha de Bocelo tinha dito a todos que ela e sua irmã guardavam os contratos, e que metade da aldeia já os tinha.

– Não se trata de não podermos morrer sem ter o contrato, como pensava a velha – acrescentou a viúva –, mas é que nossa vida se deteve com a venda de nosso cérebro, você entende? Eu preciso rasgar o papel para começar a viver de verdade.

Então a viúva de Meis contou outras coisas mais. Voltou atrás no tempo, até o rigoroso janeiro de 1936, quando a carne, o carvão, a farinha e o açúcar começaram a ser racionados em Terra Chã.

– Tínhamos muita fome, e o que encontrávamos para comer era sempre de contrabando. Mas não havia dinheiro para pagar. Então ficamos sabendo que dom Reinaldo estava pagando muito bem para assinar um papel. Quase todas as pessoas da aldeia o fizeram. Não percebemos o que estávamos fazendo até que morreu a primeira, Esperanza, a criada, e meio ano depois dona Resurrección, a mãe do padre. Você não sabe a situação que se armou em Terra Chã com essas mortes. Médico daqui, médico de lá. E tudo era feito aqui – tornou a olhar ao redor –, nesta casa. Dias e dias trancados com o morto – a viúva fez uma pausa –, não se pode viver se o seu cérebro está vendido...

Dolores a ouvia, estupefata.

– Mas você se casou depois da guerra, viúva, sua vida continuou...

A viúva de Meis suspirou. Pegou a Inverna por um braço e a levou até a janela.

– Olhe lá para longe – disse. – Está vendo a minha casa?

Ao longe, junto da igreja, divisava-se a chaminé da casa onde viviam tio Rosendo e a viúva de Meis. Era um lar humilde, com telhado de duas águas, pombal, galinheiro...

– Sabe o que há depois?

Dolores disse que não sabia.

– Tem um muro.
– Um muro?
– Sim, um muro. E sabe o que há além do muro?
– Não.
– *A ausência.*
A Inverna sentiu um calafrio.
– Dizem que me casei... sim... mas... – Mas a viúva não continuou. Pondo-se em movimento bruscamente, acrescentou: – Já que você não quer dá-lo, vou procurar eu mesma!

Seguida por Dolores, começou a afastar os móveis e a abrir as gavetas da cozinha, subiu ao quarto, pôs tudo de cabeça para baixo, viu o alçapão, abriu-o, olhou, desceu ao estábulo, viu a vaca. Já estava levantando o leito de tojo quando a Inverna a agarrou por um braço, fitando-a com tanta resolução que os olhos da viúva baixaram.

Foi então que ela lhe disse que não procurasse mais, e que fosse embora de uma vez.

Nessa noite Dolores tentou sentir o cheiro de Saladina no seu travesseiro; chorou pela primeira vez desde que ela partira.

Ao meio-dia, a caminho do monte, encontrou o padre puxando sua carroça. Ele lhe disse que havia jantado com o prefeito de Sanclás, e este tinha tornado a insistir que as irmãs precisavam fazer um depoimento perante um juiz de Coruña. Disse que se elas não fossem, a Guarda Civil viria buscá-las. Dolores prometeu que não demorariam a fazê-lo ("padre imbecil, fedorento. *Woolly bear caterpillar*").

Na volta, três ou quatro horas mais tarde, parou diante da casa de Tristán. Sentia-se sozinha e assustada, precisava falar com alguém, e lembrou-se de que, na verdade, o *caponero* não fizera o diagnóstico da estranha doença de suas galinhas. Amarrou então Greta a uma árvore e resolveu entrar. Encontrou o homem no andar de cima, dormitando junto dos capões. Sobre o telhado da casa, negro de fumaça e gordura, aninhavam-se corvos, morcegos mansos e sedosos e outras aves de diversos tamanhos e cores. De vez em quando uma delas se soltava e sobrevoava aquele ar rarefeito e quase azul, como se o fizesse pelos penhascos.

Dolores deu uns tapinhas no braço de Tristán; ele acordou, assustado. Começou a olhar ao redor dizendo que estava com pressa, que tinha que chegar *muito antes* que anoitecesse. Segundos depois, ao perceber que estava em casa, tranquilizou-se. Dolores lhe explicou então que suas galinhas continuavam perturbadas. O dia todo beliscando e brigando debaixo da figueira. E quando vou...

– É evidente que é um caso de ciúmes – interrompeu Tristán.

– Ciúmes? – perguntou a Inverna, visivelmente nervosa.

O *caponero* explicou que qualquer grupo de galinhas, como qualquer grupo de pessoas, se acostuma com suas leis internas, com uma maneira determinada de viver, e principalmente com uma ordem hierárquica. Se um galo entra em um grupo, ele ocupará, como é natural, o primeiro lugar, e as fêmeas ficarão debaixo dele na escala hierárquica. As galinhas não vão querer ficar por baixo, e se defenderão com bicadas e lutas selvagens. Quanto maior for o grupo, mais complicado e longo será o processo de adaptação.

Dolores o ouvia, perplexa.

– E a titica? – quis saber ela.

Ao que Tristán retrucou que com as galinhas era preciso ir ao cerne da questão, que não se tratava da titica, mas da galinha.

Ele se levantou, pegou um dos *amoados,* agarrou pela pata um capão que passava por ali e o introduziu em sua boca. Disse:

– Olhe, Inverna. Não aguento mais. Eu também tenho que lhe pedir o papel...

– O papel? – disfarçou ela.

– O contrato de compra e venda do meu cérebro – disse ele. – Não aguento mais. Estes bicharocos me deixam louco. O dia todo amarrado a esta rotina, a estes horários... *Eu não sou assim. Preciso voltar a viver!*

Quando Dolores viu que o capão resistia a comer e que Tristán começava com sua ladainha de insultos, desapareceu escada abaixo sem dizer mais nada.

Ao chegar em casa, para não pensar mais na irmã, decidiu que ia costurar. Mas, enquanto pegava o trabalho, não parava de remoer o que o *caponero* acabava de lhe dizer. Ciúmes? Ordem interna? As galinhas não têm cérebro para sentir ciúmes! E o papel! Tristán também queria o seu contrato! Já estava farta daquela história dos cérebros!

Justo quando se dispunha a ligar a Singer, ouviu algo parecido com o som de passos na escada de fora, mas em seguida pensou que também os tinha ouvido na noite anterior, e que eram apenas ratos. "Ah, Deus, o que estará nos preparando o futuro!", exclamou. E quando acabou de dizer isso, ouviu o ruído da porta traseira.

Saladina voltava para casa como uma nuvem noturna, com o cenho franzido e uma careta de mau humor, magra e abatida.

Mal acabara de entrar pela porta, sua irmã a abraçou soluçando, contando que tinham dado batidas no monte para encontrá-la, que a viúva de Meis tinha vindo à procura do seu contrato, que Tristán, o *caponero*, também queria o seu, e... Acima de tudo, queria saber onde ela havia estado, que coisa importante tinha acontecido para que ela tivesse ido embora assim, para onde?, sem avisar, mulher, eu estava morta de preocupação. Eu te amo muito,

Sala, e não me importa que você se encontre com o protético. Não tenho ciúmes. Não vou te dar bicadas, mas me diga onde estava...

– Cale a boca! – ouviu então.

Dolores obedeceu.

Saladina disse que ela deixasse de conversa fiada, que ela não era uma galinha e que também tinha seus "assuntos", que a deixasse em paz, que estava com dor de barriga.

– Você andou comendo figos por aí?

– Não!

Então não se ouviu mais nada. Dolores ligou a Singer e se pôs a costurar. Mal havia pregado olho durante os quatro dias em que a irmã estivera desaparecida, e, feliz e relaxada, adormeceu sobre a máquina. Acordou com a sensação de que havia passado muito tempo. Ouviu vozes na porta:

– Desça, mulher, não seja boba! Você ainda é muito jovem para isso.

– Vou me matar! Não tem jeito!

– Desça!

– Meu fígado está doendo!

Foi até a janela. No ponto mais alto da figueira, montada num galho que estava a ponto de quebrar, rodeada de figos muito maduros, estava Saladina, como uma ave descabelada.

Lá de baixo, uma mulher da aldeia lhe gritava:

– Se você não conversasse com as ovelhas!

E outra, que pela voz parecia ser a viúva de Meis:

– Todos nós queremos mudar, oh, sim, ser diferentes, que engraçada! Mas pense que sua irmã vai ficar sozinha. Raciocine. Você quer que ela morra de tristeza?

Dolores então ouviu um ruído na ramagem. Depois veio a voz de Saladina:

– Eu me mato! Não tenho jeito! Ninguém me quer!

Debaixo da figueira, junto do lugar onde as galinhas comiam e brigavam, havia um grupo de pessoas. Algumas mulheres choravam, apesar de no fundo daqueles olhos brilhantes se intuir que estavam se divertindo muito. Tio Rosendo, que também estava ali, era o que falava mais alto.

– Logo você vai ter tempo de se matar. Aqui está a sua irmã...

Quando Dolores surgiu, todos se calaram. Uma voz soou como um trovão, rasgando o silêncio:

– Filha da mãe! Pode-se saber o que está fazendo aí? – Ela deu quatro ou cinco palmadas para afastar as galinhas dos pés. – Quatro dias desaparecida, e quando você volta, sobe na figueira e diz que vai se matar?!

Silêncio. As galinhas bicavam com mais insistência do que nunca. Tio Rosendo deu um pontapé em uma delas, que saiu voando. Logo se tornou a ouvir a voz de Saladina:

– Vou me matar, Dolorciñas. Vou me jogar. Ninguém me quer. Sou uma desgraçada!

– Vai se jogar? Com tudo o que cuidei de você...

Um figo caiu, *plof,* e ficou esparramado sobre o chão como as tripas de um animal. As pessoas, ao pensar que Saladina também podia ficar assim, suspiraram, ohhhhh!

Mas, agarrada ao galho, Saladina não caiu.

– Você, cuidando de mim? Eu é que cuido de você... Lembre-se do seu Tomás. Se não fosse por mim, você ainda estava lá, comendo polvo com ele, naquela casa horrível. Você não se lembra? Todos os homens são iguais! Todos os homens são uns sem-vergonhas, uns cagões!

– E você, Sala, não se esqueça de como ficou sozinha quando eu fui embora.

– E você, Dolorciñas, não se esqueça de que aquele desgraçado ia te matar, e que...

– Calada! – gritou Dolores de baixo.

– Sim, calada – respondeu Saladina lá de cima, depois de um instante. – Agora acho que devemos ficar caladas.

– Caladas ficaremos! – declamaram em dueto.

Nisso surgiu dom Manuel, o padre.

– Ovelhinha desgarrada! – gritou ele para Saladina. – Mas o que estão me dizendo que você vai fazer?

Ao ouvir a voz do padre, Saladina voltou ao ataque:

– Não vou descer, não e não! Vou me jogar! E ainda por cima minha barriga está doendo.

Dom Manuel tirou uma garrafa de baixo da batina.

– Desça e venha tomar um trago, e você vai ver como daqui a pouco se sentirá outra, filha – gritou ele.

Mas Saladina não voltava à razão. De queixume em queixume, começou a divagar sobre como os homens eram cruéis e como não mereciam o amor das mulheres. Porque sempre fazem tudo igual, esperam que a mulher se entregue, e depois, zás, ai!, está doendo, minha barriga está doendo. No dez eu me jogo. E começou a contar: um, dois...

Todos os que estavam embaixo se uniram: três, quatro, cinco... As galinhas bicavam a terra. Nesse momento o senhor Tiernoamor apareceu correndo pelo caminho.

– Sala! – gritou ele de longe. – Me perdoe! Eu não quis ferir seus sentimentos.

Ao ouvir a voz dele, Saladina começou a se mover com nervosismo. Dizia: "O que você está fazendo aqui, seu maricas? Onde você deixou a peruca, seu bundudo, verruga com pelos?" Até que o galho fez *crac*, e todos, de novo, ohhhhh!

Como Saladina não respondesse, as pessoas continuaram contando: seis, sete...

– Maricas? – disse o padre.

– O senhor disse garrafa? – respondeu Saladina.

– De vinho – disse dom Manuel.

– Oito, nove... – continuou Saladina. Em seguida parou. – Bom, vou descer – disse ela – para tomar um trago.

Com muita dificuldade, Saladina conseguiu descer da figueira. Mas, quando pisou no chão, contorcia-se de dor. Antes que as Invernas pudessem entrar em casa, várias mulheres se aproximaram e disseram a Dolores que queriam seu contrato de compra e venda. Outra vez? Está bem! Farta daquele assunto, Dolores lhes gritou que não tinha os contratos, e que não falassem mais no assunto. Nunca mais!

As mulheres recuaram.

Fez-se um silêncio geral.

Com um gesto da mão, ela tornou a espantar as galinhas e levou a irmã para casa.

06

Uma vez dentro de casa, entre um trago e outro, Saladina contou a Dolores o que acontecera. Ou melhor, *parte* do que tinha acontecido.

Ela tinha voltado ao consultório do senhor Tiernoamor porque este lhe tinha avisado que afinal tinham chegado as peças que faltavam para completar a boca. Nessa última visita, portanto, o protético terminara o trabalho. A nova dentadura tinha ficado linda – havia três dentes ligeiramente amarelos, mas que importância tinha isso! –, e Saladina estava mais bonita que nunca. Isso lhe fez saber um Tiernoamor exultante quando aproximou dela um espelho para que se olhasse.

– Você voltou a ser a de sempre – disse ele. – Eu sempre reparei em você e não na sua irmã.

– Tenho dinheiro para pagar, Tierno – disse ela sem deixar de olhar o espelho, lançando um olhar duro e desafiador, como tinha visto as atrizes de Hollywood fazerem. – Quanto lhe devo?

– Depois falamos disso. Não é isso o que me interessa agora...

"Ai, esse Tiernoamor! Sempre com suas respostas ambíguas..."

– Você trouxe o que eu lhe pedi? – disse então Tiernoamor com alguma timidez.

Saladina começou a procurar no bolso.

– Ora... ora... vamos ver se o pus aqui... – disfarçou.

Saladina estava tão nervosa que decidiu pedir licença para ir ao banheiro, onde poderia respirar fundo e examinar a dentadura com tranquilidade. O protético lhe explicou onde ficava, e ela saiu como que flutuando, abrindo e fechando a boca como uma piranha para comprovar que os dentes se encaixavam (na verdade, não se encaixavam de maneira alguma). Logo encontrou um aposento completamente diferente do resto da casa.

Não; não era o banheiro.

Era um aposento que contrastava com a sobriedade do consultório, muito enfeitado com veludos e cortinados, com as paredes pintadas de rosa e um vago perfume de rosas ou jasmim, a mesma fragrância doce que Tiernoamor exalava quando se inclinava sobre ela para trabalhar em sua boca. Tudo ali era feminino; havia um armário aberto do qual pendiam vestidos de todas as cores, curtos, longos, de um estilo e de outro, fru-frus, perucas chamativas e colares. Também havia sapatos de salto. O coração de Saladina disparou, de quem era tudo aquilo? Será que Tiernoamor era casado? Por acaso teria uma amante? Não, disse imediatamente a si mesma. Na taberna lhe teriam contado. Não podia ser isso. Em Terra Chã a teriam visto. Continuou observando. Perto da janela havia um toucador repleto de vidros de perfume, batons, estojos de pó de arroz e cremes.

Saiu dali precipitadamente. Na sala do consultório, pôs-se a procurar no bolso para poder ir embora. Estava tão nervosa que não sabia para onde olhar.

– Está procurando alguma coisa? – perguntou Tiernoamor.

Na noite anterior, deitada na cama, sob os lençóis, Saladina havia fantasiado a visita daquele dia. Afinal tinha a dentadura inteira, e ele lhe lembrava como estava bonita. Ela lhe respondia com um cumprimento, algo atrevido e delirante, talvez um pouco obsceno, e em seguida Tiernoamor se aproximava.

Sem a devida transição que deve haver entre o recato e a excessiva confiança, Tiernoamor lhe dizia: Quero vê-la nua. E, como ela não reagia, mas estava de queixo caído, incrédula, o protético optava por agarrá-la firmemente pela cintura e atraí-la para si, para depois se pôr a lutar com voluptuosa impaciência com a confusão de saias e saiotes que Saladina usava. Com uma das mãos, pegava a tesoura e cortava o que podia daquela casta mescla de peças composta de calcinha e sutiã, combinação, blusa, fraldiqueira, vestido e casaco de malha, e cortava o resto com os dentes. Uma fera. Fora também com as meias. Um tamanco voava pelo ar.

Afinal, quando a tinha diante de si com os seios arrepiados e as coxas vibrantes, soltava um gemido animal. Ela então aproveitava para derrubá-lo sobre a mesa, sentar-se sobre ele e galopar sobre seu peito, brandindo o outro tamanco na mão: um relincho de luxúria e *zás,* o outro tamanco ia pelo ar, contra a janela.

Tudo isso ela tinha visto deitada na cama. Louca e inflamada de desejo. O sonho foi tão real que, quando saiu dele, levou um bom tempo para entender como pudera se transportar da casa do protético até o seu quarto.

– A carteira – disse ela com um fio de voz. – Procuro a carteira.

A carteira havia caído atrás da cômoda. Saladina acabava de vê-la, e ajoelhou-se para pegá-la. Ele estava atrás dela; ao erguer-se, suas faces enrubesceram.

Saladina se assustou. Uma coisa era o que se vivia debaixo dos lençóis, outra, a dura realidade. E na dura realidade, tudo o que tinha a ver com o mundo masculino a enchia de confusão; era um território de geada e de lobos. Ficava perturbada quando via um touro montar uma vaca no campo, e se alguma vez se falava de sexo em alguma conversa, tampava os ouvidos. A própria palavra a remetia ao vago cheiro de umidade que se alojava no andar superior da casa.

Mas aquilo não era sexo nem nunca seria. Não fora nada; talvez um gesto, uma aproximação, uma borboleta, um movimento que tinha alterado o ar. Pareceu-lhe tão natural que pela primeira vez na vida pensou como pudera resistir até então sem ter sido roçada por homem nenhum.

De repente Tiernoamor a empurrou contra a mesa e lhe buscou os lábios. Ela se apoiou e varreu o instrumental com a mão. As espátulas, os calibradores e as próteses caíram no chão com um ruído de cristais quebrados. Aquilo estaria acontecendo debaixo dos cobertores? Não sabia. Afastou o rosto; afastou a ele.

Era a primeira vez que um homem a beijava, e, apesar de ter gostado do beijo – era suave e úmido, e tinha o sabor doce dos figos –, imediatamente o confundiu com sexo.

Beijo era sexo, e sexo era pecado.

Pecado era doença.

Pegou a carteira e se pôs a sair. Antes de separar-se, Tiernoamor disse:

– Você esteve no quarto rosa, não é?

Saladina assentiu. Então o protético disse:

– Era de minha mãe. Está exatamente como era antes de ela morrer.

Saladina saiu, vermelha. Sexo. Pecado. Mãe. Ele não era apenas um homem culto, atraente, mas também reservado e tímido, sentimental – e como ela gostava de homens que tinham delicadezas escondidas! Sua mãe, ora, e eu pensando que o quarto rosa seria de uma mulher. Uma mescla de sentimentos se acumulava em sua cabeça.

Estava tão contente, tão segura de si, que se decidiu a empreender a loucura que a rondava desde que sua irmã lhe havia falado do filme de Ava Gardner.

Agora ela também podia. O que sua irmã pensava?, que ela gostava de costurar vestidinhos de menina rica?

Uma vez em casa, enfiou quatro peças na maleta e pegou o dinheiro que a velha do monte lhes havia dado, e que Tiernoamor não parecia querer cobrar. Pegou um ônibus até Coruña, dali um trem até Madri. Quase um dia depois, apresentou-se em Tossa de Mar pretendendo ser selecionada como dublê de Ava Gardner.

Mas essa parte da história ela não revelou a Dolores; disse que tinha ido a Coruña para falar com o juiz, a quem, depois de muito procurar, não tinha encontrado.

A bonita e a feia. Ainda se lembrava daquela incursão no mundo do cinema com uma sensação agridoce. Em muitas tardes, sentada diante da Singer, amontoavam-se em sua mente as imagens da filmagem. Que lindo tinha sido no começo! As duas irmãs caminhavam pelas ruas de um povoado inglês, seguidas pela câmera. Todos fixos nelas. Encontravam pessoas, colhiam flores, compravam pão... os diálogos eram confusos, eram em inglês, e elas nunca chegaram a compreender muito bem o roteiro. Mas tudo acontecia com tanta naturalidade que nada as advertiu. Até que um dia, em um descanso, enquanto a maquiavam para a cena seguinte, alguém lhe perguntou se ela era a feia. Saladina usava um vestido justo de náilon plissado, várias voltas de pérolas falsas e brincos combinando, e muito ruge nas faces. A feia?, disse Saladina, admirada, ajeitando o colar de pérolas. Sim, disse o outro, *the ugly one.*

– Porque a bonita não é você, não é mesmo?

07

Mas a viagem a Tossa de Mar havia sido um fracasso. Depois de esperar um dia inteiro na baía, onde se rodava *Os amores de Pandora*, na fila entre outras mulheres que pretendiam se apresentar ao *casting* como dublês, morta de calor e de solidão, nem sequer lhe deram a oportunidade de demonstrar seu talento para a interpretação.

Sem saber por quê, talvez fosse o último resquício que encontrara no coração ferido, uma vez de volta a Terra Chã, guiada por aquele instinto atávico que sentira na última vez em que havia estado ali, voltou ao consultório de Tiernoamor. Não tinha por que ir, a dentadura já estava completa; ao vê-la entrar, ele sentiu o rubor lhe cobrir as faces. Imediatamente percebeu que ela não viera por questões profissionais.

Ainda assim, disse:

– Sente na cadeira para eu te examinar.

Saladina se sentia dócil e atordoada. Sentou-se e cruzou as pernas com força. A pele do rosto estava seca, cheia de sulcos finos, como um papel enrugado. Pelo aspecto esgotado e a roupa empoeirada se poderia dizer que ela havia percorrido meio mundo, mas Tiernoamor não quis perguntar nada. Ela abriu a boca como fazia sempre que se sentava ali. Quando o dentista se inclinou, sentiu o hálito de jasmim. Ou seriam lilases?

Tiernoamor também sentiu o hálito da boca de Saladina: alho e cebolas.

– Não – disse Tiernoamor, afastando a cabeça. – Melhor não. *Puf*, o que você comeu? Feche a boca!

Ela a fechou, e já esperava o segundo beijo quando Tiernoamor desapareceu. De algum lugar, escutou: Já volto, não abra os olhos até que eu te diga. Você precisa saber a verdade. Depois de um instante, quando já começava a se impacientar, tornou a ouvir a voz dele: Pode abrir os olhos.

Então Saladina abriu lentamente os olhos: diante dela estava o senhor Tiernoamor, sorridente, vestido de mulher.

Estava com um vestido de flores, sapatos de salto e meias (por baixo, as pernas peludas). Tinha maquiado o rosto e pusera uma peruca. Sorria timidamente.

Saladina disse:

– Você tornou a se fantasiar, safado. Vamos ver se adivinho de quê...

Mas Tiernoamor explicou, muito sério, que aquilo não era uma fantasia. Disse que ele era assim, e que antes que as coisas fossem adiante, preferia que ela soubesse, porque se havia afeiçoado muito a ela; às vezes, não sempre, mas cada vez com mais frequência, sentia-se mulher. Agora você já sabe por que nunca consegui ser um deles... dos maquis.

Saladina o ouvia sem piscar. O sangue ainda lhe formigava pelas pernas e pelo baixo-ventre. Afinal gaguejou:

– Mas você está fantasiado... você... você gosta de brincar de... você me deu um beijo.

Tiernoamor tornou a lhe explicar que aquilo não era uma fantasia, e que às vezes, não sempre, mas cada vez com mais frequência, sentia-se mulher.

O queixo de Saladina começou a tremer.

– Maricas! – foi a única coisa que conseguiu dizer.

Foi então que voltou para casa. Depois de cumprimentar secamente a irmã, passou muito tempo imóvel, com os braços caídos ao longo do corpo e o queixo apoiado no peito. Pensava, o que estaria pensando?

Pouco depois subiu na figueira.

08

Apesar de ter ficado muito confusa e preocupada com a irmã, durante os quatro dias em que Saladina estivera fora, principalmente durante as batidas que deram no monte para procurá-la, Dolores tinha aproveitado para se informar sobre os obscuros fatos que haviam acontecido durante a guerra.

Sempre que falavam com ela "do que aconteceu naquela época" a desconfiança se impunha, a tal ponto que alguém acabava aconselhando que era melhor não falar daquilo.

Esse "aquilo" queria dizer "quando seu avô vivia". No passado haviam acontecido coisas que já não aconteciam, que já não existiam, e das quais ninguém queria falar. Mas um dia em que Tristán, o *caponero*, estava na taberna, ele abriu a boca. Alguém o chamou de "avarento solitário, raivoso e estranho como os seus capões", ao que ele respondeu que graças a ele e a seus capões todos tinham sobrevivido quando dom Reinaldo impusera que os víveres fossem repartidos.

Mal iniciada a guerra, em Terra Chã começaram a escassear o azeite, o açúcar, o tabaco, e foi então que dom Reinaldo começou a organizar a todos. Aproveitando a calada da noite, repartia os bens (principalmente tirava do cura e dava aos demais) e organizava os trabalhos de cultivo da terra. Obrigaram até dom Manuel a cultivar batatas, com a batina arregaçada até a cintura. Uma noite, um par de guardas se aproximou da casa, dissolveu a reunião e levou dom Reinaldo para dormir na cadeia.

Já de volta, o padre falou com ele. Disse que aquela divisão igualitária ia lhe trazer muitos problemas.

– Por quê? – quis saber dom Reinaldo. – Jesus não pregava algo parecido? Se não repartirmos os víveres, eles irão para um punhado de latifundiários, e em último caso para o senhor.

Dom Manuel lhe recordou que tinham feito a mesma coisa em outro povoado próximo, e que o governo condenara o município a entregar tudo o que tinham.

– Você não percebe? – acrescentou o padre –, nós ficaríamos sem nada, e ainda por cima estaríamos marcados.

– Já há muitos que não têm nada.

Mas dom Manuel, temeroso de passar fome, insistia:

– Não seja teimoso, Reinaldo.

Na aldeia havia cada vez mais controles. As pessoas continuavam levando os animais ao monte, mas agora havia guardas vigiando os prados, com ordem de disparar por qualquer razão. Ao entardecer chegava uma caminhonete, e dois homens de pistola no cinto desciam. Gritavam: "Avante, Espanha!", e todos saíam à praça com o braço erguido para o alto: "Avante, Espanha!"

Uma noite chegou à lareira um poeta amigo de dom Reinaldo. Disse que em Coruña os militares haviam tomado o governo civil. A viúva de Meis, Gumercinda, a Coxa, tia Esteba e a criada Esperanza se puseram a chorar. Diziam que, desde que o rei partira, o mundo tinha deixado de girar.

Começaram a levar as pessoas em caminhões, apareciam cadáveres nas sarjetas e estabeleceu-se um controle das estradas. Um dia, dom Reinaldo, que ia atender uma mulher, encontrou-se com Tiernoamor pelo caminho. "O que você está fazendo?", perguntou-lhe ao vê-lo metido em uma vala. "Você não está 'procurando' de novo?" O senhor Tiernoamor respondeu: "É um burro". E dom Reinaldo disse: "Os burros não têm dentes de ouro".

Já tinham levado dom Reinaldo uma vez, e corria o boato de que, se voltassem a buscá-lo, ele não voltaria mais. Foi nessa época que ele pediu às netas que partissem para longe, para o mais longe possível, e que demorassem muito tempo para voltar. Preparou-lhes uns embornais e deixou-as no matagal. Mas poucos dias depois as meninas já estavam de volta.

As pessoas da aldeia estavam amedrontadas. Comentava-se que também levariam tio Rosendo, por recitar poemas que atentavam contra os valores sagrados. O padre voltou a falar com dom Reinaldo. Tinha fome, e até havia emagrecido. Não era compreensível que toda aquela comida fosse confiscada. Se ele não comesse, não poderia rezar a missa. Pois não reze, respondeu dom Reinaldo, já se vê para que serve nesses momentos. Entre eles se tecia um ódio surdo.

Então, um dia, eles voltaram, atrás de dom Reinaldo. Vieram buscá-lo, e, não o encontrando, a primeira coisa que fizeram foi dar uma surra em tio Rosendo. Os militares haviam tomado a praça, e comentava-se que tinham matado vários camponeses miseráveis do monte Bocelo. Perto da estrada, sob um matagal, surgiram abandonados os corpos de um poeta e de um vereador da esquerda. Alguém lhes havia arrancado os dentes.

Dom Reinaldo passava quase o dia todo escondido. Só dom Manuel, o padre, sabia onde ele estava.

A aldeia inteira sentia a ameaça, mas não podiam concretizá-la. Um dia, o senhor Tiernoamor foi ver o padre. Perguntou-lhe se não estava passando fome.

– Mas é claro que sim! – disse o padre, aliviado ao saber que alguém mais pensava em comida. – Não consigo mais nem pensar. Minhas tripas fremem, as pernas tremem. – Fitou Tiernoamor pelo rabo do olho. – E você?, você não tem fome?

– Muita – disse ele.

Dom Manuel então opinou que a coisa tinha solução. Dom Reinaldo tinha acumulado em seu esconderijo latas de sardinha, massa folhada, toucinho, linguiça... que sei eu! Era questão de pegar tudo aquilo e repartir imediatamente. A guerra não ia durar muito.

Tiernoamor estava de acordo, e diria isso a dom Reinaldo. Tentaria fazê-lo cair em si. Mas havia um problema: só o padre sabia onde ele estava escondido.

09

Uma manhã, pouco depois do episódio de fuga e do dramático retorno de sua irmã, Dolores se levantou com o palpite de que, antes que as coisas se tornassem piores, tinha de ir a Coruña contar algumas mentiras àquele juiz que andava a lhes seguir a pista.

Portanto, enfiou em uma maleta três ou quatro trapos e foi até a praça para esperar o ônibus. Duas horas depois, estava em Coruña.

Foi difícil encontrar a pessoa que as procurava, principalmente porque ela mesma não sabia – *ou não tinha certeza de saber* – por que ele as procurava. Mas depois de dar voltas e mais voltas pelas calçadas do Juizado, afinal lhe indicaram que só havia um juiz para a comarca a que ela pertencia, e que justamente estava trabalhando no seu escritório.

A entrevista durou pouco mais de vinte minutos. Ao sair para a rua, Dolores ajeitou a saia e suspirou aliviada. Não era por causa de Tomás, o seu Tomás, que o juiz queria interrogá-la, mas por causa de Ramón, o filho da criada. Afinal de contas, ele havia morrido no seu estábulo, e o juiz tinha a obrigação de esclarecer as circunstâncias.

A caminho da estação, onde pensava em tomar o ônibus para voltar para casa, tornou a sentir aquele arrepio gelado nas costas. Uma ideia germinava em sua cabeça, mas ela não conseguia pensar com clareza. Dias atrás, havia encontrado tio Rosendo nas eiras. Falaram do tempo, das galinhas e das colheitas, e então o professor lhe perguntou por aquela ideia de se apresentar como dublê no filme americano. O filme de Ava Gardner?, perguntou a Inverna. Esse, disse tio Rosendo, e acrescentou com grande segurança: Não deixe de ir.

Ali, no meio das eiras, sob as nuvens e o sol de Terra Chá, perto das vacas que pastavam imóveis no prado, o professor lhe falou então do instante decisivo da vida de todos. Esse era o seu, disse ele. E se você não se apresentar como dublê, nunca mais terá a oportunidade de ser atriz. Aquela Ava não teria vindo para rodar um filme. Nada acontecia *por acaso*, nunca, e Ava Gardner tinha vindo exclusivamente para que ela, a Inverna Dolores, tivesse a possibilidade de se apresentar e se tornar atriz. Era assim que o instante funcionava.

– Sim – opinou Dolores, pensativa –, foi uma casualidade que eu estivesse dando a ração às galinhas na hora em que ouvi a notícia...

Tio Rosendo retrucou que não existia casualidade.

Dolores então disse que aquelas palavras lhe davam medo. Ao que tio Rosendo respondeu que do mesmo jeito que a fumaça permite intuir uma chaminha invisível, da mesma forma o medo sempre deixa intuir uma emoção oculta. Acrescentou que o medo, assim com o fracasso, fazia parte da mecânica do instante. Isto foi o que ele disse: "mecânica do instante", como se estivesse falando da engrenagem de um relógio.

Então ele lhe contou algo que jamais havia revelado a ninguém sobre aquele dia em que tivera de ir a Coruña para revalidar o diploma de *maestro de ferrado*. Disse que no momento em que o tribunal lhe perguntara o nome, justo naquele momento, acontecera uma coisa terrível: ele se molhara todo. Sim, exatamente como estou lhe dizendo, eu me molhei. Disseram-me: nome? E eu: Rosendo. E então já não me lembrei de mais nada. Tentei dizer o sobrenome, mas nem isso. Não me lembrava do meu sobrenome, nem de onde vinha, nem de quantos anos tinha ou há quanto tempo exercia a profissão. Minha vista se nublou, e em seguida senti aquele calorzinho. E depois a umidade. Para você ver. E mesmo assim fui aprovado.

Na bilheteria, um pouco antes de comprar a passagem para voltar para casa, Dolores sorriu ao se lembrar da história. E se a teoria de tio Rosendo fosse verdadeira? Deixou as pessoas passarem. Pousou a maleta no chão. Sem se dar conta, viu-se apalpando os seios através da blusa. Tinha notado como o juiz olhava para eles. Voltou à fila da bilheteria, sentindo que em suas entranhas nascia uma força poderosa. E então, em vez de dizer "uma passagem para Terra Chã", saiu-lhe: "uma passagem para Girona".

Três ou quatro dias depois, de volta a Terra Chã, quando chegava pela trilha, notou que sua irmã havia podado a figueira. As galinhas continuavam bicando no mesmo lugar (ali estavam todas, estúpidas e insistentes), como se não houvesse mais horta além daquele mínimo pedaço de terra, como se aquele mínimo pedaço de terra com cocô, ração e migalhas de pão fosse o mundo. Encontrou a irmã na cozinha, de cabeça baixa, com o nariz lambuzado de muco, com o aspecto sombrio de uma nuvem de tempestade.

– Já sei onde você andou – ouviu ao abrir a porta.

Ao entrar, Dolores deu uma olhada na casa: as cadeiras derrubadas, a mesa coberta de pratos sujos, sementes e suco, figos esmagados no chão sem varrer, os recibos meio abertos. Pelo que pôde verificar, Saladina não tinha feito nada, nada a não ser chorar e comer figos durante todo o tempo em que ela havia estado fora.

– Me contrataram... – disse Dolores com um sorriso, jogando-se na cadeira – e me pagaram. Muito dinheiro, Sala. Podemos fazer o que quisermos com ele. Não precisamos mais costurar.

Saladina ergueu lentamente a cabeça. Um relâmpago de sangue acabava de lhe cruzar os olhos.

– Contrataram? – grasnou.

Dolores sorriu timidamente.

– Sou atriz. Albert, você sabe... me prometeu que vai me dar outros papéis. Já está pensando no próximo filme, e...

– Albert?

– Albert Lewin. O diretor de *Pandora*. Ele também é o diretor do *Retrato de Dorian Gray*, você se lembra daquele filme em que um homem vende a alma ao diabo em troca da eterna juventude? Nós o vimos em Coruña. O retrato envelhece, mas ele não... – Dolores fez uma pausa, deu uma olhada na irmã e continuou falando: – Lewin é produtor da Metro Goldwyn Mayer.

– Hã...

– Em cerca de dois meses ele vai me escrever para me fazer uma oferta boa para um romance em Technicolor! E olhe só... faz anos que sonho com esse momento. Desta vez não vou deixar passar a oportunidade...

– Pelo amor de Deus! – gritou a irmã, agarrando a barriga. – Então... você fez a cena de nudez, quando Pandora sai do mar sob a luz da lua envolta em uma vela de barco...?

Admirada, Dolores respondeu que sim, que havia feito a cena de nudez, que todo mundo concordara que ela tinha um corpo lindo, com curvas, melhor até que o de Ava Gardner, disseram alguns, e... e como é que você sabe que havia uma cena de nudez? Essa cena só as que se apresentaram como extras conhecem.

Sua irmã se contorcia de dor.

– Minha barriga está desarranjada – foi a resposta.

Dolores se ergueu.

– Responda! Como é que você sabe da nudez?! Como, hein?! Como sabe?!

Saladina também se levantou. Foi cambaleando até o sofá e se jogou sobre ele. Gritou:

– O *caponero* também veio em busca do contrato!

Calou-se de repente; suas entranhas emitiram um gemido triste. Disse:

– Meu fígado está doendo, Dolores.

Dolores correu para socorrê-la. Ficou um instante pensativa.

– Outra vez o estômago... você comeu muitos figos?

– Juro que nenhum! Já faz tempo que não como figos!

– Não será por causa da boca nova? – disse então Dolores –, boca e estômago são a mesma coisa...

– Não é isso... – soluçou Saladina. Ficou um momento em silêncio. – Você não me ama como antes, Dólor... – disse então.

Dolores a olhou fixamente.

– Não comece de novo com essa cantilena.

– Você não me ama como antes, Dólor, você sai e me deixa sozinha, põe pedras entre as lentilhas, você não me ama...

Entretanto, no dia seguinte Saladina não estava melhor, mas muito pior. Dolores foi falar com o senhor Tiernoamor, que comentou que já fazia tempo que sua irmã se queixava do estômago. Assegurou-lhe que aquelas dores não podiam ter nada que ver com a nova dentadura, e recomendou-lhe que procurasse um médico. Em Terra Chã não havia médico, e a Inverna teve que chamar o de um dos povoados vizinhos, que lhe prometeu que iria o mais rápido possível.

Na manhã seguinte, quando Dolores saiu de casa para dar de comer às galinhas, encontrou Violeta da Cuqueira sentada no banco da entrada.

Um calafrio lhe percorreu a espinha.

– O que você está fazendo aqui?! – censurou ela.

Dolores sabia que não muito tempo atrás a velha Violeta havia pressagiado que três homens de Sanclás iam morrer, e eles tinham morrido. Sonhara com três castanhas que caíam, e, ao acordar, compreendeu.

Imperturbável, a outra respondeu:

– Tua irmã me apareceu em espírito; vim te avisar.

Dolores lhe disse que não tinha vontade alguma de ouvir superstições. Que ela sumisse dali.

– E quando você disse que ela te apareceu? – acrescentou.

– Faz dois dias; ela vai morrer esta noite.

Dolores pegou a vassoura e ameaçou matar a velha se ela não fosse embora.

– Com quem você estava falando? – perguntou a irmã quando ela subiu para vê-la. – Acho que ouvi vozes.

– Era o vento, mulher. Está começando a ventar do norte. Olha como o milho está agitado.

– Ah, sim. O vento... Você não está sentindo um cheiro podre?

Dolores cheirou o ar. Disse:

– Estou.

– Pegue uma camisola limpa na gaveta – disse então Saladina.

Nessa mesma noite, uma ventania feroz quebrou uma das vidraças e se introduziu no quarto das irmãs.

10

*V*elha. Alta. Seca.

Saladina a sentiu chegar com seu violento cheiro de maçã podre, sentiu-a chegar e evitar as carnes de sua irmã, que dormia ao seu lado, é o vento, mulher, que começa a soprar do norte. Sentiu-a chegar, densa, insistente, com quem você estava falando? Sentiu-a chegar acompanhada de sua música de quase nada.

A morte desceu sobre a Inverna com seu odor fétido de exumação, e durante a noite inteira se nutriu da própria vida (a morte não era bonita, era Saladina estendida sobre a cama com a camisola limpa). A morte chegou vagando como um animal que arrasta a fome de muitos séculos, mistério de sangue, mistério desvendado e carne, bradando: Venha, Saladina, sou eu, a única que todos sabem de todos, você não treme ao me ver?, pegue sua bagagem de lembranças, agarre-a como puder, porque você irá despida de tudo menos delas, venha, já cheguei, Sal, Sala.

Saladina.

Ao ouvir o alvoroço de lençóis, Dolores acendeu o lampião. Alegrou-se ao encontrar a irmã acordada e pensativa, lúcida, com os olhos abertos como os de uma merluza fixos na parede.

– Devíamos pintar o teto – ouviu-a dizer.

– Sim – disse a irmã com um suspiro de alívio.

Saladina, que agora tinha sentado na cama, exibia uma figura imponente: uma grossa trança de cabelos negros descia pelas costas até a cintura. A luz do lampião iluminava fracamente seu rosto, atenuando as feições duras – lembranças da varíola, cicatrizes e o cansaço dos olhos –, conferindo-lhe uma beleza incomum, quase selvagem.

– A casa está caindo aos pedaços.

– Sim...

— Você chamou o médico?

— Mas é claro, mulher. Ele não deve demorar, você vai ver.

— Ainda não tenho a intenção de morrer.

— Você não vai morrer.

— Dolorciñas...

Saladina continuava rígida, sentada na cama e olhando para a frente.

— O quê, Sala, o quê?

— Não torne a sair sem mim.

— Não.

Mas Saladina já se arrastava sobre a outra cama, a caminho das coxas, beijando o umbigo e os seios, a axila que sabia a mar.

— A casa está caindo em pedaços.

— ...

Dias depois o médico de Sanclás apareceu. Naquela manhã, Saladina estava acordada. Ao vê-lo entrar pela porta, começou a tremer como um coelho. O médico perguntou a Dolores há quanto tempo ela estava assim, e Dolores disse que ela já vinha se queixando do estômago fazia bastante tempo. Também comentou que suspeitava que pudesse ser por causa dos figos.

— Como está? — perguntou então o médico, dirigindo-se a Saladina.

Saladina retorceu os lençóis entre as mãos suadas.

— Ora, isso é o senhor que tem de me dizer! Por alguma razão o senhor é médico!

O médico fechou os olhos por alguns segundos, como que para aguentar o ataque.

– Vou colocar a questão de outro modo: o que a senhora sente?
– Dor – disse ela. E acrescentou: – É porque tenho as vísceras soltas.
– Sei... – disse ele.
– Às vezes uma delas me sobe até a garganta e não me deixa respirar – acrescentou Saladina, sentindo-se muito importante com todas aquelas atenções.
– Uma quê...?
– Uma víscera – esclareceu ela. – E me sufoca. Compreende?
O médico procurou o estetoscópio na maleta.
– Posso lhe perguntar uma coisa, doutor? – disse Saladina enquanto ele a auscultava.
– Pergunte, pergunte...
– Isso que está acontecendo comigo... – fixou nele as pupilas febris – pode ter a ver com um beijo?
– Com o quê, mulher?
– Com um beijo.
– A dor de estômago?
Saladina tinha aquela expressão vigilante de quando esperava uma resposta. Estalou a língua como quando ainda tinha a dentadura postiça.
– Não. A dor de estômago não tem nada a ver com os beijos.
– Saladina exalou um longo suspiro.
– E isso se pega?
– Não, não se pega.
Saladina exalou outro suspiro.
O médico fez outras perguntas. Antes de ir embora, na porta, falou com Dolores. Saladina ainda viveria algum tempo, mas não ficaria curada. O câncer de estômago era uma das piores doenças. Não tinha tratamento.

Quando o médico se foi, Dolores tornou a subir ao quarto. Encontrou Saladina mais tranquila.

– O que mais disse o médico, Dólor?

As pernas de Dolores tremiam. Mal conseguia pensar.

– Não disse mais nada. Que você vai sarar logo. Só precisa repousar mais.

– Repousar mais? Minha bunda vai ficar enorme.

Uma onda de tristeza atravessou os olhos de Dolores.

– Você tem uma bunda muito bonita.

Pouco depois, enquanto Saladina fazia a sesta, o senhor Tiernoamor bateu na porta. Disse que o médico de Sanclás havia passado em sua casa para colocar um dente e que lhe havia falado de Saladina.

– Sinto muito, realmente – acrescentou.

– Sei... – disse Dolores, sem querer abrir a porta totalmente.

Ficaram ambos em silêncio.

– Vocês nunca deveriam ter voltado – disse ele de repente.

– Mas voltamos – disse ela, admirada com o comentário. – Já não podemos voltar atrás.

– Existe... existe um jeito – disse Tiernoamor.

Dolores abriu um pouco mais a porta.

– A aldeia só quer esquecer – continuou ele. – Eu sei que seu avô guardava os contratos. Se você os entregar para mim, acabamos de uma vez com isso.

Dolores ficou pensativa. Então reuniu a coragem para fazer o que já vinha pensando que devia ter feito havia muito tempo; seguida pelo senhor Tiernoamor, saiu para a horta. Com um pontapé, afastou as galinhas que ciscavam por ali e se ajoelhou debaixo da figueira. Com as mãos, desenterrou um cofre de madeira, que entregou ao protético.

– Você está com o fogo aceso? – perguntou ele, olhando fixamente a caixa que segurava com as mãos trêmulas.

O fogo estava aceso, e ambos tornaram a entrar na casa. Diante da lareira, o senhor Tiernoamor abriu o cofre com solenidade. As dobradiças de metal estavam enferrujadas, mas afinal ele conseguiu tirar um maço de envelopes amarrados que exalava um cheiro forte de mofo e de terra. Com um gesto de despeito, foi tirando um a um e atirando-os no fogo. Em um segundo, os envelopes apertados se abriam como as pétalas de uma flor, retorcendo-se em seguida, dançando no ar e tornando-se diminutos. Quando se dispunham a se afastar dali, de repente, uma corrente de ar penetrou através da porta aberta. Os pedacinhos de papel subiram pela boca da chaminé em direção ao céu. Tiernoamor e a Inverna saíram para a horta. Agora os papeizinhos se precipitavam no chão para depois tornar a subir, revoluteando como pequenas borboletas cinzentas e pousando sobre as árvores, os postes, o monte de tojo seco da praça e os telhados das casas de Terra Chã.

– Está chovendo... – disse tio Rosendo para a mulher, olhando o céu na outra ponta da aldeia, quando ambos saíam de casa.

– Como você é bobo... retrucou a viúva, maravilhada diante do espetáculo dos papeizinhos cinzentos e levando instintivamente a mão ao ventre. – Não está vendo que são borboletas?

Rosendo semicerrou os olhos e continuou olhando. Disse:

– São traças.

11

A lembrança era vaga, confundia-se com os rostos dos alemães, com as palavras de outros homens; além disso, a memória, tão sábia sempre, havia silenciado quase tudo. Mas, sem perceber, as pessoas de Terra Chã haviam começado a lhes esclarecer muitas dúvidas a respeito do avô.

Um homem alto, forte, decidido. Um homem com olhos da cor do mar, brilhantes, nervosos. Um homem com a barba espessa e amarela, emaranhada. Um homem de calças pardas, velhas, com o veludo comido pelo roçar das mãos, com remendos na altura dos joelhos. O casaco com cotoveleiras, grande demais. Um homem bonito, agradável à vista, de pele curtida.

Um homem bom (seria...?, era bom mesmo?), cristão, comunista. Amigo da ciência. Às vezes, um homem obscuro, tinham ouvido dizer. E resistente. Em seu interior se agitava uma parte desconhecida, como essas raizinhas emaranhadas debaixo da terra que nunca viram a luz do sol, e cuja força cega suporta uma linda planta de flor amarela.

Dom Reinaldo era a raiz do tojo.

O tojo é arrasado pelo fogo, arrancado pelos homens, esmagado pelos tratores, e no entanto torna a brotar em qualquer parte, uma vez mais, e outra, agarrando com as mãos a ladeira do monte ou sobrevivendo junto do asfalto da autoestrada. Ele era aquilo: uma força cega da qual brotava o seu delírio apaixonado, suas manias e excentricidades, suas nostalgias da juventude (havia começado a estudar medicina, mas não pudera terminar o curso), seu irrefletido desejo de controlar e dirigir os que o rodeavam, de tomar decisões por todos, de saber, de conhecer muito mais. Aquela loucura de comprar os cérebros é que na verdade o levara à morte.

Pouco depois da morte de Esperanza a la Puerta de Nicolasa, armou-se uma confusão na aldeia. O padre queria enterrá-la imediatamente, mas Reinaldo se empenhou em conservar o corpo insepulto durante alguns dias. Começaram a desfilar em Terra Chá carros e pessoas vestidas de terno, principalmente médicos da Faculdade de Medicina de Santiago. O avô das Invernas os hospedava em casa, e passavam o dia ali trancados, bebendo conhaque e fazendo sabe-se lá o quê.

Uns quantos, o padre, tio Rosendo e talvez Tiernoamor, enfrentaram dom Reinaldo e o ameaçaram para que enterrasse a pobre criada. Foi então que ele tirou o papel de compra e venda do cérebro, assinado pela própria empregada.

Dom Manuel contou tudo isso a Dolores uma manhã. Na verdade, a Inverna tinha ido aliviar a própria culpa. Não parava de pensar no que as tinha levado a se refugiar naquela aldeia longínqua e no comentário do senhor Tiernoamor a respeito do fato de que não deveriam ter voltado. A princípio, Saladina sempre falara como se ela também tivesse algo que ver com aquilo; mas, ultimamente, parecia querer afetar ignorância. Dolores notava que cada vez havia mais censura em suas palavras.

E agora estava convencida de que a doença da irmã tinha irrompido na vida delas por causa de tudo aquilo. Em virtude disso, numa manhã de setembro sulcada de pássaros e carregada de aromas, foi à casa do padre. Encontrou-o tomando a primeira refeição perto da estufa. Disse-lhe que vinha se confessar, mas que não havia necessidade de irem à igreja.

Disse-lhe que já não aguentava mais, que tinha um segredo que não era um segredo qualquer, padre, mas que se tratava de algo obscuro e terrível, um segredo que tinha querido lhe revelar desde que haviam chegado a Terra Chã, mas que não tivera coragem de fazê-lo. Tratava-se de algo que a oprimia, como se tivesse posto um daqueles coletes medicinais. Algo que precisava lhe contar, que precisava fazê-lo, apesar de ter consciência de que no momento em que o fizesse nada mais seria igual, porque...

– Mas o que é?! – gritou o padre soltando o garfo e agitando as mãos no ar.

Dolores lhe confessou então que tinha estado casada com um tal Tomás, pescador de polvos e de fanecas de Santa Eugenia de Ribeira, só para escapar das garras da rotina e pela ilusão de ter uma vida diferente. Mas logo depois, ao verificar que não só não estava apaixonada por ele, mas que sua vida era ainda mais aborrecida junto dele, ela lhe...

– Não consigo, padre. Não posso lhe contar mais nada...

Dom Manuel pôs o prato de linguiça e ovos fritos de lado. Ultimamente, não tinha apetite; e não ter apetite o aborrecia. Estava a ponto de tornar a falar quando, sem saber por quê, surpreendeu-se pensando que era exatamente o que ele costumava responder a sua mãe, "não posso, não consigo lhe contar mais nada, mamãe...", quando ela lhe pedia que falasse dos segredos das pessoas da aldeia.

Percebeu então que também, justamente antes de começar a comer os ovos fritos, tinha estado pensando na mãe, em sua palma avermelhada depois de bater na mesa de madeira da cozinha, naquele dia de muito tempo atrás, e no barulho que fizera, e naquelas palavras, "você vai ser padre e assunto encerrado, portanto, não é bom que você ande com mulheres, as mulheres são más, Manoliño..."

– Você veio confessar que abandonou o seu pobre marido? – disse ele de repente.

– Não – respondeu a Inverna.

Queria continuar perguntando, mas sabia que não podia ser muito direto.

– E... o tal Tomás... se é seu marido e você não o abandonou, como é que ele não está aqui com você?

A Inverna disse que não podia lhe contar mais nada, mas que ele não precisava se preocupar com o pescador de polvos, pois agora ele estava muito tranquilo. Mais tranquilo que nunca.

O padre engoliu em seco.

12

A pesar do repouso recomendado pelo médico, Saladina se sentia cada vez mais fraca. Cada passo era um esforço. Sentava-se à mesa com vontade, mas logo ficava com nojo. Mal comia, e as dores eram tão fortes que a impediam de dormir. De manhã se levantava com a sensação de ter as vísceras soltas, ou assim dizia. Dolores se desvelava. Sua vida agora se resumia a ficar perto da irmã.

Não subia ao monte, quase não costurava nem passava pela taberna.

Dedicava o dia todo a atendê-la, a tentar fazê-la comer alguma coisa e a aliviar sua dor; sua dedicação e sua paciência não falhavam.

A doença havia conseguido adoçar o temperamento de Saladina e a mantinha serena. Mas, estranhamente, essa serenidade era o que menos convencia Dolores. Aquela mulher apática não era a sua irmã. Sua irmã era o seu temperamento áspero, sua veemência, sua intemperança. Aquela resignação com a qual ela se levantava agora de manhã para "ser cuidada" a desconcertava e até a fazia suspeitar. Saladina sempre havia sido impetuosa e mal-humorada, e era sempre ela que tomava as decisões pelas duas; agora era um fantoche. "Parece que ela só está à espera de que o momento chegue", pensava Dolores.

Mas uma segunda-feira de outubro as coisas pareceram tomar um novo rumo. Como a cada dia desde que voltara de Tossa de Mar, Dolores saiu para a horta para ver se a carta de Albert Lewin com a oferta de protagonizar seu filme seguinte havia chegado ("Aonde você vai?", perguntava Saladina. "Procurar meu destino entre as quatro paredes do correio", respondia-lhe Dolores com ironia).

Mas, como sempre, no correio não havia nada a não ser teias de aranha. Depois foi atender a vaca Greta, que também estava cada vez mais frágil. Uma vez no estábulo, pareceu-lhe ouvir um ruído, e olhou pela janelinha.

Envolta em sua capa negra, com os braços suspensos no ar, Violeta da Cuqueira avançava lentamente em direção à casa. Conforme explicou ao chegar, alguém da aldeia, cujo nome não podia revelar, havia lhe pagado para que curasse Saladina. Dolores pegou a vassoura para moê-la de pancada, mas sua irmã, que havia escutado a conversa da cama, pediu à bruxa para subir.

Com a distante serenidade que a caracterizava, tirando duas tigelas de um saco de aniagem, a velha explicou que vinha fazer lavagens de farelo de centeio e esfregaços de manteiga de porco para ela. Ouvido o que, tirando forças da fraqueza, Saladina deu um pontapé no cobertor que a cobria, ergueu a camisola e, deixando o ventre a descoberto, disse:

– Da Cuqueira, sou toda sua.

Na manhã seguinte, depois de três lavagens de farelo e cinco esfregaços de manteiga, Saladina acordou estalando a língua como nos velhos tempos.

Sentou-se na cama, apalpou o estômago e disse que tinha desejo de comer linguiça. Sua irmã a dissuadiu, e em seu lugar trouxe um caldo. Ela não teve forças para se levantar, mas as duas passaram esse dia conversando, relembrando momentos do passado, como faziam quando estavam bem dispostas. Saladina pediu à irmã que lhe contasse uma história. "Uma história" era sempre a mesma história: "Era uma vez um senhor a quem chamavam de Camión de Taragoña, que estava que era puro osso, com a barba espessa e muito comprida..."

– Como Jesus Cristo – frisava Saladina.

– Como Jesus Cristo... – prosseguia a irmã –, que corria quarenta quilômetros por dia e que, ao passar pelas aldeias, as pessoas saíam à porta para cumprimentar e...

– Você se esqueceu de dizer que ele usava uma tanga.
– Bom... sim, ele usava apenas uma tanga, e então, um dia...
– Você também se esqueceu de dizer que ele corria através dos milharais...
– Sim, através dos milharais e das veredas e dos caminhos, "adeus, caminhãozinho, adeus", já nevara, já granizara, já trovejara ou chovera a cântaros, o sol abrasara e um furacão se aproximara, até que um dia...
– Faz muito tempo que não vem ninguém... – interrompeu-a Saladina de repente.

Dolores a fitou, admirada.
– Do que você está falando?
– Reclamar o contrato, o contrato dos cérebros...

Dolores ficou calada.
– Você acha que eles os encontraram?

A Inverna Dolores encolheu os ombros.

Durante o almoço Saladina voltou a comer com apetite. "Apetite demais", disse Dolores a si mesma enquanto devolvia a bandeja à cozinha.

Nessa mesma tarde, quando Dolores se inclinou para cobrir a irmã, esta esticou os longos braços ossudos e lhe abraçou o pescoço. Deu-lhe um beijo e, olhando por cima do ombro em direção ao céu, para além da janela, perguntou se já era noite.

– Não – disse a irmã –, por que você está dizendo isso?

Ficaram as duas emboladas, contemplando o horizonte.

Milhares de aves de todos os tamanhos e cores, corujas, galinhas e capões obscureciam o céu. Soltando um estridente grasnado, agitavam lentamente as asas, voando incontroláveis e cegas, com o pescoço esticado. Guiadas por um sentido atávico e poderoso, as galinhas das Invernas também empreenderam o voo, primeiro lentamente e rente ao chão, depois rápido, para remontar e se unir àquela massa de aves que agora gravitava sobre o monte Bocelo, imóvel,

cada vez mais longínqua.

No dia seguinte, Saladina se levantou e, envolta em xales e mantas, disse que se os esfregaços tinham funcionado com ela, não deviam fazer mal à vaca. Desceu até o estábulo com a lavagem e a manteiga e ficou um bom tempo esfregando o vente flácido da pobre Greta Garbo, que se entregava com a boca aberta e sem forças para se rebelar. Depois, cansada do esforço, sentou-se perto da lareira.

Dolores, contente de vê-la de pé, acendeu o fogo e lhe preparou o desjejum. Então Saladina lhe pediu que contasse com detalhes o que havia acontecido em Tossa de Mar.

– Você quer mesmo ouvir *isso*? – perguntou a irmã. – Talvez... talvez não seja o melhor momento.

– Fale! – disse Saladina.

Com o rosto exangue e quieto, engolindo uma saliva amarga, Saladina ouviu tudo o que Dolores tinha visto: o mar, as câmeras, as luzes, as roupas, os cenários, os homens. Na baía de Tossa havia um promontório em plena praia, no qual ficava um pequeno recinto medieval amuralhado com sete torres circulares. Os responsáveis estavam filmando ali; a filmagem de *Os amores de Pandora* começava as sete da manhã, e não terminava até as oito da noite. O brilho do sol era tremendo, e por isso tinham de colocar uma rede preta que se via de toda parte. Já estavam procurando dublês havia mais de duas semanas, e apesar de todas as mulheres que tinham visto e entrevistado, ainda não haviam encontrado ninguém adequado para dublar a famosa atriz.

No dia em que Dolores chegou, como em quase todos, havia uma fila de mulheres esperando pelo teste. A Inverna perguntou quem era a última e esperou a sua vez.

No começo, quando a viram vestida de saia, casaco de malha e seu xale de aldeã, nem sequer lhes passou pela cabeça que ela os houvesse procurado para fazer os testes. Depois, quando ela disse, em um inglês quase perfeito e enquanto soltava o cabelo, que viera fazer o papel de dublê de *Os amores de Pandora*, que já tinha alguma experiência, bom, não muita, mas que o que queria fazer eram cenas de nudez, começaram a olhá-la com mais atenção.

Ficaram fascinados.

Albert Lewin lhe havia falado de seu novo filme e de sua intenção de contratá-la. Para um novo filme? Você, de atriz principal? Sim, de atriz principal, já contei isso assim que cheguei, você não se lembra?

Mas no momento isso não era importante. O que importava era que Saladina se curasse, e até que ela ficasse curada, não sairia dali. Agora tinha certeza de que, quando pudessem, as duas iriam embora da aldeia juntas. A barriga está doendo, Sala? Não, Dolorciñas. Desde que a velha Violeta veio com seus unguentos, estou muito melhor.

Nenhuma das duas sabia que a doença só estava se preparando para refazer seu ataque com uma energia renovada e brutal.

13

Nessa época a aldeia também passava por mudanças. O prefeito de Sanclás mandou colocar eletricidade em todas as casas; construíram uma estrada que ligava Terra Chã a Coruña e instalaram vasos sanitários em muitas casas. Estavam canalizando a água potável e levando-a até a praça. Não instalaram telefone. Quando colocaram os fios ao longo da estrada, a aldeia toda recusou a oferta de ter uma cabine. Para que iam gastar dinheiro em algo que ninguém ia usar? Trouxeram ordenhadeiras para quase todas as casas; Dolores e Saladina não quiseram comprar uma: nunca trairiam Greta com uma bomba para tirar leite.

Desde os esfregaços e as lavagens que Saladina aplicara, a vaca tinha começado a recuperar peso pouco a pouco, dava coices quando as mutucas a incomodavam, tinha voltado a subir o monte e produzia um leite que era a inveja de todos os aldeões, de excelente qualidade, ligeiramente ácido, mas muito bom para fazer requeijão.

Assim correu a vida durante quinze ou vinte dias. Até que uma noite em que estavam jantando, as Invernas ouviram balidos no estábulo. Uma deu uma cotovelada na outra.

– Você ouviu? – perguntou.

– Ouvi.

– Não eram balidos?

– Eram.

Ficaram pensativas. Fazia meses que tinham vendido as ovelhas. Antes mesmo de se livrarem das galinhas, o cuidado com a vaca era mais do que suficiente para mantê-las ocupadas o dia todo. Receberam uma boa oferta e venderam as três ovelhas e a cria recém-nascida. Mas o que acabavam de ouvir eram balidos...

Dolores foi ao quarto e levantou o alçapão. Sentada sobre as patas traseiras, a vaca Greta balia para as estrelas com a boca aberta, como fazem as ovelhas.

Uma vez ordenhada, ela se acalmou, mas no dia seguinte já não tinha nem uma gota de leite.

Mas não foi só a vaca Greta. Pelo que tio Rosendo dizia, a viúva de Meis também havia começado a se comportar de modo estranho.

Pedia ao marido amoras azedas do bosque, coalhada ou requeijão. Antes de fazer uma tortilha, quebrava o ovo e o examinava atentamente para ter certeza de que não tinha duas gemas; fazia a mesma coisa com as castanhas, que às vezes vêm com duas sementes. Negava-se a aspirar o perfume de certas flores ou a tocar o fígado dos porcos do dia da matança. Ao amarrar a carroça, evitava passar por baixo da corda, por medo de que o cordão se enrolasse no pescoço "do menino"; do menino?

Menino daqui, menino de lá.

Tio Rosendo seguia suas andanças pela casa como quem segue com o olhar uma mosca, ouvindo-a com agoniada ansiedade dizer todas aquelas baboseiras. Até que um dia em que voltava da escola, encontrou a viúva plantada no terreno da casa, suja e feliz, comendo punhados de pedras e terra, como um animal. Então decidiu lhe perguntar o que estava acontecendo com ela ultimamente.

A viúva de Meis ergueu lentamente a cabeça. Parecia uma menina brincando de comidinha no jardim de casa.

– Dizem que se os desejos não são satisfeitos, eles nascem com manchas... – respondeu.

Tio Rosendo engoliu em seco. Havia algum tempo, mais concretamente desde que todas aquelas borboletas cinzentas tinham surgido no céu, vinha observando que sua mulher havia deixado de lhe encher a paciência. Não é que ela estivesse especialmente amável, mas ao menos já não ocupava o tempo matutando o que podia fazer para lhe tornar a vida impossível, e isso o inquietava. De manhã, quando saía para a escola, até se despedia dele, e depois, quando voltava, sua comida estava preparada, e ficavam batendo papo na hora do café. Já não falava tanto do passado nem da maldita *ausência*, e um dia até lhe pediu que recitasse um poema.

Em um dado momento, passou pela cabeça do professor que ela estivesse grávida, mas dois minutos depois descartou o pensamento; sua mulher já tivera fantasias desse tipo outras vezes.

Ela sempre tivera fantasias, e sempre havia insistido em que enquanto Rosendo não lhe desse um filho, ela não poderia esquecer o marido morto.

Mas havia poucos dias, ao olhá-la com atenção, tornou a pensar naquilo: o rosto murcho e envelhecido da viúva estava adoçando e se cobrindo de sardas juvenis – não era isso o que acontecia quando a mulher estava esperando? Estava convencido de que algo se mexia e reverdecia na aridez das entranhas de sua mulher, como aquele capim cheiroso que todos os dias ia cortar no monte e trazia na carroça. Porque o ventre estava se avolumando...

Na taberna e no forno começou a correr o rumor de que tio Rosendo havia recuperado "a nobreza decadente", e não paravam de lisonjear sua virilidade e de lhe perguntar se sua mulher estava "de barriga".

Alguns dias depois, foi ela mesma que contou a todos que estava esperando.

Ninguém acreditava nela, e as crianças lhe levantavam a saia para procurar a almofada. Até que a viúva disse ao marido que tinha mandado chamar o médico de Sanclás. Este veio dentro de alguns dias, e, depois de examiná-la, disse, fitando tio Rosendo e dando-lhe umas palmadinhas no ombro:

– Incrível, mas não há dúvida. Às vezes acontecem fenômenos desse tipo. Quantos anos tem a senhora, viúva?

– Cinquenta e dois – disse ela muito orgulhosa, enquanto fechava o zíper da saia.

– Incrível... – tornou a dizer o médico, balançando a cabeça com veemência. – Sem dúvida, nesta aldeia realmente acontecem coisas estranhas...

Tio Rosendo olhava ora um ora outro. Não podia opinar porque tinha ficado sem fala. Sua mulher, grávida. Ele, pai. Um filho! Para dizer a verdade, não se lembrava de ter tido relações com sua mulher, nem recentes nem remotas, mas...

– E meu marido, sessenta e três – disse a viúva, acabando com as suas dúvidas e as de todo mundo. – Mas ele sempre foi muito dotado.

Se o médico estava dizendo... E aquele médico não era um curandeiro. Aquele médico havia feito o curso de medicina em Santiago.

A viúva deixou de subir ao monte com a carroça para recolher capim. Estava cada vez mais volumosa, e não havia dúvidas a respeito da gravidez.

Mas tio Rosendo não parava de pensar naquilo. Quanto mais pensava, mais estranho tudo aquilo lhe parecia; e por isso decidiu falar com o padre. Com certeza ele lhe daria uma explicação. Que estúpida era a vida! Precisava de uma explicação para o fato de o temperamento de sua mulher ter adoçado e de ela o tratar melhor do que nunca. O médico de Sanclás tinha razão quando dizia que na aldeia estavam acontecendo coisas estranhas.

Encontrou o padre na sala de visitas de sua casa. Ao ouvir alguém tocar a campainha, o padre desligou rapidamente a televisão e a cobriu com um pano preto. A empregada foi abrir a porta e lhe informou que era o professor que queria falar com ele. Dom Manuel se alegrou com o fato de um paroquiano vir lhe pedir conselho.

A empregada conduziu tio Rosendo até a sala. Um lugar sempre na penumbra, com cheiro de coisas velhas: uma poltrona, a mesa com o relógio, as cortinas adamascadas, dois quadros de caça e a televisão coberta com o pano preto. Em cima de um aparador de madeira havia um retrato da mãe de dom Manuel. O olhar daquela mulher perseguia as pessoas por todo o aposento.

Tio Rosendo respirou fundo. De repente, disse:

– Padre, a Virgem Maria...A Virgem Maria... – gaguejou tio Rosendo –, como foi aquilo *exatamente*, padre?

– O quê?

– Ora, aquilo, essa coisa da Virgem...

Dom Manuel se remexeu no assento. Disse:

– Rosendo, direto ao ponto.

Tio Rosendo confessou que na verdade a Virgem Maria não lhe importava porra nenhuma; explicou então o que estava acontecendo com sua mulher, e disse também que sua mudança de atitude o inquietava, assim como tudo o que estava acontecendo na aldeia.

– Não é que eu tenha notado nada de concreto – acrescentou –, mas tenho o palpite de que vão acontecer coisas, mais coisas...

Dom Manuel o ouvia com os olhos muito abertos.

– Eu também... – disse ele ao cabo de um instante. – E acho... – clareou a voz –, agora me atrevo a dizer que isso tem muito a ver com a chegada das Invernas a Terra Chã. Dizem que uma delas abandonou o marido...

– *Abandonou?*

– Chame como quiser. E a outra faz listas muito estranhas com os nomes das pessoas da aldeia...

– Nossos nomes?

– Nossos nomes.

Rosendo estava de acordo. Estava convencido de que, depois de tanto tempo fora, elas não tinham voltado sem motivo. Tinham voltado por vingança. Ficou olhando o padre fixamente.

Dom Manuel engoliu em seco.

– Vingança, diz você? – perguntou.

– Foi uma pena o que o senhor fez com dom Reinaldo. Ele era meu amigo, sabe?, não merecia isso... Só porque o senhor não conseguia ficar sem comer alguns dias...

O padre se ergueu e começou a caminhar impacientemente de um lado para outro. Depois tornou a sentar.

– Você também não está livre de culpa, Rosendo.

– As minhas eram razões de peso – esclareceu o professor. – O senhor não vê que cada vez que vinham buscá-lo e não o encontravam me davam uma surra, a mim, simplesmente por ser o professor da aldeia e porque um dia resolvi dizer que a poesia salvaria o mundo?

O padre deu uma olhada no retrato da mãe.

– O motivo não foi esse, e você sabe disso tão bem quanto eu – disse. – Se você veio aqui, foi por alguma razão.

– É verdade – disse Rosendo. – Tenho a consciência tranquila. Se não o pegassem, teriam me matado. Isso é tudo. Não adianta ficar remexendo os fatos.

O queixo de Dom Manuel tremia. Aproximou o prato de churros que a criada tinha servido. Mas em seguida tornou a afastá-lo.

– O medo se esconde atrás da gula – disse de repente.

– Não – retrucou Rosendo. – Pare de dar desculpas; por trás da gula não está o medo; está a gula. O pecado nu e cru.

O padre suspirou com certo alívio; tornou a olhar o retrato da mãe. Disse:

– Agora seria... seria conveniente que elas não continuassem aqui.

– Quem?

– Elas.

– As Invernas?

Ficaram ambos calados, olhando para o chão.

– Elas não irão embora – disse o professor com pesar.

Dom Manuel ergueu a vista, olhou Rosendo nos olhos e, clareando a voz, acrescentou:

– Veremos! E também acho que... estando as coisas como estão, você não deve se preocupar com a sua mulher, mas ao contrário – disse ele com um tom de voz renovado. – Se ela afirma que o filho é seu, não há o que dizer a respeito. O nascimento de uma criança é sempre uma bênção. E não é a primeira vez que a personalidade de uma mulher muda quando ela fica grávida. Para quando é?

14

Foi então que, pouco a pouco, como um sombra que percorre a casa, tio Rosendo começou a desfrutar a notícia e a pensar no bebê. Com semelhante mixórdia ao seu lado durante tantos anos, o desejo de ser pai havia sido maquinalmente eliminado de sua cabeça. Mas agora, ao ver sua mulher cada vez mais volumosa e ao ouvir os parabéns e os elogios das pessoas na taberna, uma alegria doméstica e humilde se apoderou dele. Uma criança na vida deles era como um raio de sol em um dia de chuva. Talvez o que não haviam conseguido em anos e anos de casamento conseguiriam agora com um filho.

Um filho para quem ler Rosalía de Castro.

Parou de beber. De tarde, em vez de ir à taberna, enfiava-se no galpão: estava construindo um bercinho de madeira. Limpou cuidadosamente um dos quartos da casa e o colocou ali. Também recolheu os brinquedos que as crianças da escola não queriam mais.

Toda essa alegria foi para o vinagre uma tarde, quando o casal estava na sala de visitas. Durante toda a manhã a viúva havia estado muito taciturna, como se quisesse dizer algo, sem parar de olhar pela janela.

Afinal, quando Rosendo se preparava para colar a peça de um balancinho de madeira que havia resgatado do lixo, ouviu a voz dela:

— Escute uma coisa, Rosen, você está ocupado?

Ela nunca o havia chamado pelo nome, e menos ainda pelo diminutivo, e o mero fato de ouvir aquele "Rosen" da boca da mulher o fez começar a tremer. No entanto, e para que a viúva pensasse que ele de fato estava ocupado, não respondeu.

— Você está me ouvindo, Rosendo? Quero falar com você.

Afinal se ouviu uma vozinha saindo da penumbra do aposento.

— Estou ouvindo...

– Olha, eu sei que o filho o deixa feliz...

– Mas é claro, mulher! A única coisa que faço é pensar nele. Não desfrutamos o nosso casamento, viú... viúva de Meis. Os anos foram passando, e você e eu somos cada vez mais estranhos um para o outro. Nos habituamos a essa vida, mas... Olhe, acho que o filho vai nos unir. O filho vai tirar o melhor de cada um, você vai ver, viuvinha. Você vai ver como será bom. Olhe que balancinho mais lindo que encontrei ontem, vou consertá-lo agora mesmo...

– É disso mesmo que eu queria falar. – Fez-se silêncio.

– Do balanço?

– Do filho.

Pronto – a venda acabava de cair. Agora viria o momento em que tio Rosendo teria de ouvir que o filho não era seu. Claro, mas o que ele tinha pensado, que os filhos vêm por aí assim, sem relações? Pois para ele tanto se lhe dava de quem fosse o filho. Aos olhos da aldeia, ele era o pai, e continuaria sendo.

Ouviu a voz da viúva:

– No começo achei que fosse obra do destino... Mas agora sei que não é. Queria dizer que nada mudou entre nós, e que nada vai mudar.

Tio Rosendo não respondeu. Tentava decifrar as palavras que acabava de ouvir.

– Não estou entendendo – disse ele.

– Não há nada para entender. Tudo continua igual.

– Sim, a não ser que agora seremos três – disse Rosendo.

– Quatro – sentenciou a viúva.

Tio Rosendo então se preparou para passar a cola na madeira do cavalinho de balanço.

Pensou que o brinquedo ia ficar muito melhor do que quando era novo.

15

De vez em quando o senhor Tiernoamor visitava Saladina, e as Invernas estavam cada vez mais convencidas de que fora ele que pagara à velha Violeta para curá-la com os esfregaços e as lavagens. O negócio das dentaduras postiças ia de vento em popa, cada vez ele tinha mais clientes, não apenas as pessoas da aldeia, mas também de Sanclás e dos arredores. Em consequência, acabava de comprar um Seat 1400 vermelho, e passava o dia inteiro dirigindo rua acima, rua abaixo, buzinando para que todo mundo ficasse sabendo que ele era o mais rico da aldeia.

Cada vez escondia menos os trejeitos femininos, inclusive uma tarde se atreveu a apresentar-se na taberna com um vestido de flores, as pernas peludas de fora e sapatos de salto.

Já o tinham chamado de maricas tantas vezes que a palavra deixara de ter sentido; não o magoava mais.

Se é que alguma vez o havia magoado.

Como tinha feito durante muito tempo, de tarde, depois de despedir o último cliente, embarafustava pelo corredor de casa para se trancar no quarto de paredes rosa, punha aqueles vestidos de flores e os saltos altos e ficava a se admirar no espelho.

Durante muitos anos, enquanto procurava dentes, os polia e os ajustava uns aos outros como num quebra-cabeça, enquanto se inclinava sobre a boca pútrida dos clientes para colocar as dentaduras novas, a recompensa daquele instante de furtiva intimidade que usufruía em seguida havia sido o seu estímulo. Agora era diferente. Agora o segredo carecia de sentido, simplesmente porque todos sabiam o que ele fazia ao fechar o consultório, todos sabiam *quem* era ele (mas *quem* sou eu?, perguntava-se ele olhando-se no espelho), mas então... o que tinha sentido?

Um dia parou o carro diante da casa das irmãs, pôs a cabeça para fora e, ao ver que Saladina estava tomando sol na horta, ofereceu-se para dar uma volta de carro com ela. Com as janelas abertas, aos solavancos pelo cascalho, passaram pelas eiras e pelo forno, cumprimentando a todos pela alameda de tílias. Era a primeira vez em muito tempo que Saladina saía de casa e se divertia; chegou até a soltar uma boa gargalhada quando Tiernoamor parou o carro e se voltou para pegar o que levava no assento traseiro: a garrafa de aguardente de ervas da região.

– Não preciso mais de anestesia... – disse ela quando parou de rir.

– E daí? – respondeu ele, oferecendo-lhe a garrafa.

Deram um longo gole cada um. Depois ficaram pensativos, contemplando as tílias da alameda.

– Não tem o mesmo gosto, não é? – disse o protético.

– Eu ia dizer a mesma coisa. Parece estar estragado... – Saladina deu dois soluços. – Tem gosto de... tem gosto de rolha, de terra ou de...

– De desilusão – cortou Tiernoamor. – As coisas têm gosto de desilusão, principalmente aquelas pelas quais esperamos muito.

Prosseguiram o passeio de carro. Mas Saladina havia ficado taciturna, já não ria nem falava mais. Até que, perto da igreja, começou a se remexer no assento, a apalpar os bolsos e a olhar para os lados, como se quisesse sair.

– Meu Deus! – disse afinal. – Deixei a lista...

Alarmado com o seu tom de voz, o senhor Tiernoamor parou o carro perto do átrio. Voltou-se para ela:

– A lista? – perguntou ele pensando que provavelmente se tratava de uma lista importante, com seus remédios ou algo assim.

O rosto de Saladina estampava ansiedade, e seus olhos cintilavam.
– A lista.
– A lista de quê? – atreveu-se a perguntar o senhor Tiernoamor. De repente começou a pensar que tinha sido loucura convidar a doente para tomar aguardente.
– A lista dos reis godos.
– Dos reis loucos?
– Isso. E as tesourinhas também. Meu Deus! Devo tê-las deixado na Inglaterra!

Quando voltaram, na porta, Tiernoamor contou a Dolores o que acontecera; ela disse que Saladina tinha muitas listas, e não lhe deu maior importância. O senhor Tiernoamor ficou calado.
– Inverna... – disse ele de repente.
– O quê?
– Não a esperavam para filmar em algum lugar? Na aldeia está correndo esse boato.
– É verdade.
– Então você deveria ir.
Dolores fitou-o, assustada. Disse:
– Minha irmã está doente. Não posso ir a lugar algum.
– Isso depende.
Por um momento, examinaram-se em silêncio.
– Eu já lhe disse que as pessoas só querem esquecer.
– E já não esqueceram? Nós queimamos os contratos de compra e venda!

Através da porta entreaberta, Tiernoamor deu uma olhada no interior da casa.
– Para esquecer precisamos que vocês não estejam...
Dolores fechou a porta no nariz dele.

* * *

Apesar de estar muito melhor do estômago, a partir daí Saladina começou a se comportar de maneira estranha; fazia coisas que jamais havia feito, como deixar cordas amarradas com nós por toda a casa ou referir-se frequentemente a pessoas que Dolores não conhecia, como o "pobre Denis" ou *"the stupid Margaret that is equally pure and virtuous as a cat"*.

Era verdade que tinha muitas listas, levava a metade da vida a fazê-las, mas agora tudo era suscetível de fazer parte de uma nova classificação. Havia baratas, percevejos e mosquitos mortos no sobrado, eram coisas muito diferentes, Dólor, e portanto elaborava uma nova lista intitulada "Insetos *com e sem* carapaça". Recados pendentes, pensamentos. Classificava e hierarquizava conceitos, fazendo grupos de cachorros, carros e produtos de limpeza, enquanto explicava à irmã que nem todos os homens são pais, mas que os pais são homens.

Lista daqui, lista dali. Na casa só sobrava espaço para pendurar mais uma lista.

Sobre o parapeito da janela, em uma caixa, guardava um grilo que havia encontrado nas eiras, junto com um vaso de gerânios. Estava fazendo qualquer coisa e de repente se erguia de um salto, girava o tronco para os lados, punha as mãos na cabeça e se enchia de uma pressa e de uma inquietação incontroláveis.

Dizia que tinha de sair.

– Aonde você tem que ir agora, mulher? – perguntava-lhe a irmã enquanto costurava.

– Vou dar de comer ao grilo e regar os gerânios.

Dolores abaixava o trabalho e a olhava entristecida.

Sentir-se estressada por cuidar de um grilo e por ter que regar os gerânios não era tão estranho; afinal, Saladina sempre fora uma mulher maníaca. O que chamava a atenção de sua irmã eram as pequenas confusões. Por exemplo, aparecer na hora de comer com um sutiã na cabeça, convencida de que era um diadema. Tio Rosendo não lhes havia contado que era isso que o avô fazia em seus últimos dias?

Apesar de nunca ter sido religiosa, Saladina deu para ir confessar com dom Manuel. E um dia, no meio da confissão, calou-se bruscamente, como se tivesse se lembrado de um pecado mortal. Introduziu bruscamente a cabeça no confessionário e disse, lançando ao ar seu hálito de alho e cebola:

– Padre, o senhor não viu uma lista?

Dom Manuel, que já conhecia a mania das listas, respondeu:

– Não, mulher, a dos reis godos, suponho... e então...?, alguém a pegou?

– Sim, os vermelhos a roubaram. E umas tesourinhas de unhas também.

– Não se preocupe, mulher, logo elas vão aparecer...

Foi no fim de outubro que Dolores notou que alguma coisa ia realmente mal. Estava fazendo filhoses na cozinha quando Saladina se aproximou e ficou na porta distraidamente, ajustando o elástico da calcinha por baixo da camisola.

– Precisa de alguma coisa, Sala? – perguntou a irmã.

– Não, obrigada. – Parecia muito tranquila e sorridente. – Estava só pensando. Você se lembra da lista dos reis?, aquela que eu guardei na gaveta da mesinha?

Dolores a fitou e ficou pensativa. Viu em seu rosto algo mais além da cara murcha de nariz aquilino. Viu paisagens vertiginosas, uma manhã de neblina, as costas de uma mulher que avançava a passos largos pelo cais, um fim de tarde, o mar, intenso e poderoso, muito azul, bandeirinhas coloridas e novamente a neblina cinzenta subindo pelas casas e pelas coisas. Chuva. Pássaros e chuva. Depois, sem saber por quê, veio-lhe à cabeça a promessa de Albert Lewin de que ela protagonizaria seu próximo filme. O diretor lhe havia dito que ainda estava trabalhando na ideia, mas que tencionava filmar algo exótico, em algum país como o Marrocos, o Egito ou a Síria, e que ela seria a protagonista perfeita. Dolores percebia agora que aquela carta jamais chegaria a uma aldeia remota como Terra Chã. Continuou fitando a irmã, que esperava a resposta estalando a língua contra os dentes, como fazia sempre que estava excitada.

– A dos reis godos? Como vou esquecer? – disse afinal Dolores. – E a das tesourinhas também!

– Você acha que eu posso ter deixado na Inglaterra?

Dolores parou de misturar a massa dos filhoses.

– Não – sentenciou. – Acho que não.

Mas a resposta deixou Saladina um tanto indiferente. Depois de um instante, voltou ao ataque:

– Sabe, é que ontem, quando eu estava fazendo a cama do 504, eu a pus na bandeja para não a perder. Às vezes, quando estou limpando um quarto...

Dolores não a deixou concluir.

– Saladina! – exclamou. – Já faz mais de vinte anos que você não pisa na Inglaterra! Já faz séculos que você não limpa os quartos daquele hotel asqueroso de Eastleigh, onde a faziam trabalhar como uma escrava!

Saladina ficou imóvel. Em seus olhos havia surpresa, preocupação e uma espécie de terror encurralado. Agarrou o ventre e precisou se sentar.

– Acho... – continuou Dolores, assoprando a franja e recomeçando o trabalho de misturar a massa líquida dos filhoses – que os vermelhos a roubaram.

De repente, o rosto crispado de Saladina se animou.

– Sim – disse aliviada –, é claro que foram os vermelhos.

16

A aldeia inteira estava consternada, não apenas com a doença de Saladina, mas com tudo o que estava acontecendo.

Fazia tempo que se respirava no ar uma espécie de ameaça, e não era preciso ser muito esperto para saber que estava para se desencadear um mal incontrolável. Via-se nos rostos perplexos e abatidos das pessoas. Cheirava-se no ar e vislumbrava-se no entardecer, quando o céu se coalhava de laranjas. Intuía-se nos comentários furtivos, nos sorrisos reprimidos e nas risadas desanimadas.

Com frequência, movidos por uma inquietação mórbida, aproximavam-se da casa à procura de respostas, como animais extraviados; enfiavam os rostos sujos pela janela e perguntavam pela doente. Mas Saladina era apenas a desculpa; Dolores tinha o palpite de que todos desejavam que elas deixassem a aldeia e que, com essa finalidade, a qualquer momento viriam lhes pedir contas de qualquer coisa. Várias vezes pensou em pegar suas tralhas e fugir, desaparecer assim como havia chegado (como seria bom pegar um navio e partir para a América!), mas Saladina já não estava em condições de viajar para lugar algum.

E nunca deixaria a irmã sozinha.

Um dia Dolores se internou no mato. Ao passar diante da casa de Tristán, o *caponero*, surpreendeu-se ao encontrá-lo sentado na soleira da porta, com os cotovelos nos joelhos e o rosto nas mãos. Perguntou-lhe por que estava sem fazer nada, você não tem que dar de comer a nenhum capão?, ao que o *caponero* a fitou, aterrorizado. Respondeu:

– Você não ficou sabendo? A aldeia toda viu...

– O quê?

– Minhas aves fugiram, escaparam!

Dolores deu uma olhada na casa silenciosa.

– Sim, nós as vimos... – disse –, mas agora você tem tempo, não era isso que você queria, que sempre quis?

Tristán disse então:

– É esse maldito grasnado... eu o ouvi a noite toda.

– Grasnado?

– Preciso acabar com ele, está me deixando louco. – E tornou a cobrir o rosto com as mãos.

Dolores então continuou até a cabana de Violeta da Cuqueira, pois tinha a intenção de lhe perguntar algumas coisas que a inquietavam. Encontrou a velha sentada diante da lareira da casa. Coberta por uma capa negra que lhe chegava aos pés, a velha parecia um pássaro calvo. A Inverna lhe disse que, apesar de sua irmã ter melhorado do estômago, agora estava mal da cabeça. Sem ao menos levantar a vista, remexendo as brasas, Violeta disse:

– É o que acontece com as lavagens e os esfregaços...

A velha explicou então que os esfregaços tinham o inconveniente de certos vapores que lhe subiam ao cérebro e que, com o tempo, faziam a pessoa delirar. Também lhe disse que tinham um efeito limitado, que a doença primitiva logo tornaria a voltar, e que se quisesse lhe prepararia um "licor da presença futura".

Dolores se levantou bruscamente e se dirigiu à porta. De repente se voltou.

– Violeta... – disse ela. – Você se lembra de que uma vez me falou de... do meu sonho de ser atriz?

A velha Violeta da Cuqueira fechou os olhos. Procurava na confusão de sua cabeça.

– Como... como você soube que...? – continuou a Inverna.

Da Cuqueira tornou a abrir os olhos. Disse:

– Por que você acha que sua irmã ficou doente?

Dolores tornou a sentir aquele calafrio lhe subir pela espinha; abriu a porta. Justamente quando se dispunha a sair, ouviu:

– Espero que melhorem, meninas.

Que nós melhoremos? A Inverna não parou de pensar naquilo durante todo o caminho de volta.

Uma vez em casa, quando estava subindo a escada para ver Saladina, ouviu a voz do padre. Ultimamente dom Manuel vinha com os santos óleos – tal como havia feito com a velha do monte Bocelo – para dar consolo a Saladina. Nessa ocasião, ao não encontrar a irmã ali, havia tomado a liberdade de subir sozinho ao quarto. Pela porta entreaberta, Dolores ouviu a conversa. O padre perguntava a Saladina se havia encontrado a lista dos reis godos, ao que Saladina contestava, com um ar distraído e ligeiramente insolente, de que lista ele estava falando.

– Da que os vermelhos roubaram de você.

Saladina o fitou com perplexidade.

– Sabe, *Woolly caterpillar*...? – disse de repente, como se aquela história da lista dos reis godos não tivesse nada a ver com ela.

– O que você disse, filha? Você sabe que não domino o inglês...

– Acabo de me lembrar de uma coisa que vai lhe interessar... Um detalhe sobre minha irmã, *Woolly*.

– Sim...?

Do outro lado da porta, Dolores enrubesceu. Pela voz, sua irmã parecia estar perfeitamente lúcida.

– Sabe que minha irmã anda com essa ilusão de ser atriz.

– Ouvi falar alguma coisa a respeito... Bonita ela é.

– E sabe que ela foi casada, não é?

– Também ouvi falar algo a respeito...

Saladina estalou a língua.

– Sabe o que aconteceu com seu marido?

O padre esticou o pescoço e girou a cabeça para ouvir melhor.
– Não, o quê?
Saladina sorriu maliciosamente.
De repente, dom Manuel se pôs em pé gritando:
– Ela o matou! O cadáver está no estábulo, não é? Sempre suspeitei disso! Todos nós suspeitamos! Alguém viu quando vocês o desceram da carroça no dia em que chegaram a Terra Chã...
Dolores sentiu que o coração lhe saía pela boca. Empurrou a porta e entrou. Disse:
– Calada!
Ao vê-la, o padre se assustou. Saladina, no entanto, parecia não ter ouvido nada.
– Pois o marido dela, Tomás, o pescador de polvos e de fanecas...
– Calada! – tornou a gritar Dolores.
Saladina a fitou. De repente pareceu ter notado sua presença; baixou a cabeça.
– Sim, calada – sussurrou.
– Caladas estamos e caladas ficaremos! – declararam em dueto.
O padre não soube como reagir. Por um lado, queria continuar perguntando, mas por outro Dolores o perscrutava com seu olhar de gelo e cristais.
– Não! – ouviu-se de repente. Saladina se havia erguido e olhava a irmã intensamente. – É melhor não nos calarmos. Ficamos muito tempo em silêncio. Saia, Dolores. Preciso falar com o padre *a sós*.
Pela primeira vez em muito tempo, Saladina desafiava a irmã. Por isso aquela docilidade. Agora Dolores se dava conta de que a tolerância dos dias anteriores não havia passado de uma repugnante traição. Nunca devia ter-lhe falado de Tossa de Mar.

Diante do olhar inquisitivo do padre, não teve remédio senão sair do quarto e deixá-los sozinhos.

Pensou em colar o ouvido na porta fechada para saber de que estavam falando (*o que* exatamente ela estaria lhe contando?), mas afinal não o fez.

Desceu até a cozinha e sentou-se, disposta a esperar.

17

O que aconteceu conosco.
Ou talvez *com ela*.
Sentada na cozinha, esperando ansiosamente que o padre saísse do quarto, a Inverna não pôde evitar a lembrança daquele dia nefasto de 1948.

Pouco depois de seu casamento, Dolores havia deixado o tal Tomás com a desculpa de que precisava cuidar da irmã, e já estava havia várias semanas em Coruña com Saladina, costurando em um ateliê. O tempo ficou seco e ensolarado, mas a bruma da preocupação não abandonava seu olhar.

Foi então que Saladina disse:

– Você lembra que o avô costumava dizer que um mau pensamento ou um desejo insatisfeito sempre acabam formando uma bola e enquistando-se, até se transformar em uma doença?

Com lágrimas nos olhos, Dolores concordou.

– Então você já não precisa chorar nem se preocupar mais com o pescador de polvos – prosseguiu a irmã. – Diga o que é que eu preciso saber. Serei um túmulo, e voltaremos a ser as de sempre.

Então Dolores não teve outro remédio a não ser contar tudo à irmã. Em voz baixa, sem nenhuma ponta de rancor nem demonstração de tristeza, falou do pouco carinho que havia recebido do marido no tempo em que tinham estado juntos, de como ele a tratava mal, dos insultos. Um dia ele havia encontrado um cabelo no café com leite e a esbofeteara. Outro dia dissera que ela não servia para nada e a trancara no porão. Ele roncava, como roncava! Era verdade. E cheirava mal, não a gases, mas a peixe. Falou de sua ameaça de ir buscá-la e matá-la... Eu não quero odiar, Sala, mas tenho uma dor aqui, no coração...

Saladina a atalhou:

– Não seja simplória. O ódio não se fabrica no coração; fabrica-se nas entranhas.

Passaram a noite toda pensando. Ao amanhecer, o plano já havia amadurecido. As Invernas pegaram o primeiro ônibus da manhã e viajaram para Ribeira.

Quando Tomás viu as duas irmãs entrarem juntas – altas, deselegantes e nervosas –, fechando os trincos atrás de si, começou a tremer.

Mas elas o tranquilizaram. Ele não tinha o que recear, disseram elas. Uma Inverna lhe tirou os sapatos e o fez sentar-se. A outra correu à cozinha para lhe preparar algo de comer. Tomás, Tomasiño, viemos cuidar de você.

Em um abrir e fechar de olhos arrumaram a casa. O aposento em que se encontravam estava limpo e era acolhedor, as cortinas corridas, o solo varrido. Cheirava bem.

Muito bem.

O tal Tomás, ao ver o semblante sorridente e tranquilo das irmãs, começou a se tranquilizar e a se encher de confiança. Afinal de contas, pensava ele, trata-se de minha mulher e de minha cunhada...

– Cansado? – perguntaram-lhe ao mesmo tempo.

– Muito cansado – disse ele.

Uma Inverna correu para pegar os chinelos, e a outra um copo e uma garrafa de uísque. Enquanto o serviam, disseram:

– Vamos preparar seu jantar, Tomasiño. O que você tem em casa para comer?

– Polvo – disse ele, meio desatento –, mas não serve, está sem amaciar.

– É uma vergonha que um homem como você tenha que sair para pescar tão cedo. Amanhã você vai descansar como um rei. Beba o uísque. O que você disse que havia para jantar?

Ele as olhou com estranheza e não disse mais nada.

– Polvo – respondeu a outra Inverna em seu lugar –, ele disse que para jantar tem polvo no porão. – Está sem amaciar, mas não importa, nós mesmas o martelaremos. Que outra coisa haveria na casa de um pescador de polvos?

Foi então que Dolores se levantou e atravessou a sala. Não sentia nada.

Lentamente, desceu as escadas do porão.

O que estava embaixo, no porão, sempre havia sido tentador: ali estava o reino das trevas, mas também dos objetos desejados, dos tesouros ocultos; ali estavam os segredos da casa, peças pequenas, anzóis, linhas, náilon, restos de aparelhos inúteis, as vísceras de algum cetáceo, o polvo sem amaciar; ali estava o mais improvável, o mais empoeirado; ali jazia tudo o que estava apodrecido de salitre e de umidade, o esquecido, o temido, o que era preciso ocultar, ali esperavam as trevas mais opacas, "mortos ou vivos acabaremos indo para elas", pensou Dolores aquele dia, enquanto acendia a luz.

Procurou com o olhar e encontrou o polvo sobre a mesa. Pegou-o. Tornou a subir com ele.

Ao chegar em cima viu o rosto sorridente de Saladina junto de Tomás. Ele disse, olhando para o chão:

– O polvo precisa ser martelado. Está duro; assim não serve para comer.

– Sim – disse Dolores em tom seco. – Vire-se.

– Virar? – disse ele. – Para quê?

Dolores havia ficado muda. Tremia junto dele.

– É uma surpresa – disse Saladina.

Tomás se virou de costas. Nunca ninguém tivera tantas atenções com ele.

Então Dolores lhe assertou um golpe na cabeça com o polvo que o fez cambalear e depois cair de borco no chão.

– O polvo já está bem macio – disse Saladina, observando o modo como aquelas pernas viscosas balançavam na altura dos joelhos de sua irmã.

– Sim... – disse Dolores ainda sem fôlego, deixando-o cair no chão –, e meu marido, morto.

A espera se eternizava. Havia quanto tempo estavam falando no quarto? Cinco minutos? Três horas? Ao ouvir a porta, Dolores se pôs em pé bruscamente. Dom Manuel desceu pesadamente as escadas. Seu rosto não expressava nada, mas Dolores pensou que no fundo de seus olhos dançava a vitória, incipiente mas categórica.

O padre se limitou a dizer que Saladina já estava em paz com o Senhor.

18

*D*urante o dia todo Saladina perambulava pela casa, instigada pela avaria do cérebro. Ocupava-se regando os gerânios e cuidando do grilo, que agora chamava carinhosamente de Adolf Hitler. Falava da "estúpida Margaret *that is equally pure and virtuous as a cat*", e do "pobrezinho do Denis", o que vamos fazer, Dólor, para consolá-lo?

De manhã sentavam-se juntas para comer. Mas Saladina, mergulhada na redação de suas intermináveis listas, mal falava. Um dia Dolores lhe perguntou:

— Sala, você se lembra do avô?

Com a pontinha da língua de fora, Saladina continuava absorta em sua lista. Disse:

— Oh, sim. Me lembro do avô.

— Como ele era?

— O avô? Bem... ele era um encanto.

Dolores ficou em silêncio enquanto a irmã sublinhava e acrescentava novos nomes à lista. De repente disse:

— E você sabe quem sou eu?

— Você também é um encanto — disse Saladina, sem deixar de olhar a lista.

— Sim... mas quem sou eu?

— Bom... você... — Saladina ergueu a cabeça e olhou a irmã, surpreendida — você... você é a minha irmã.

— Sim — disse Dolores —, mas como me chamo?

— E como é que eu vou saber *isso?!* — disse Saladina. E mergulhou novamente na lista a fim de completá-la.

Dolores ficou olhando. Por um momento, enquanto contemplava o cabelo desgrenhado que cobria o rosto da irmã, aquela mão frágil preenchendo o papel com classificações inúteis, um pensamento lhe perpassou a mente: "Se Saladina estivesse morta...

ninguém mais descobriria *o que aconteceu conosco,* e nada mais me impediria de ir em busca do meu destino". Dois segundos depois, o peso atroz do remorso caía sobre ela. Aquele peso que conhecia tão bem havia anos. Como podia ter aqueles pensamentos quando sua irmã estava doente, muito doente? Como podia pensar em partir dali egoisticamente quando Saladina precisava dela mais do que nunca? O que ela teria contado? Pensar naquilo a deixava louca. Estava certa de que o padre sabia de tudo e só estava esperando o momento oportuno para divulgá-lo.

Afastou o cabelo do rosto da irmã e beijou-lhe a testa.

– Você quer que eu conte uma história? – perguntou. Saladina ergueu a cabeça da lista. Disse:

– Sim, uma história.

– Bem, era uma vez um lobo muito mau que vivia no mato e que numa noite de tempestade...

Saladina sacudiu a cabeça de um lado para outro.

– Não, essa história não.

– A do Camión de Taragoña já contei mil vezes. Por que você não me deixa contar a do lobo que caiu fulminado por um raio?

– Não, essa história não.

Dolores suspirou.

– Então, era uma vez um homem que estava que era puro osso, com uma barba espessa e comprida como a de Jesus Cristo, que...

De repente Dolores pensou que jamais, por muitas voltas que a vida desse, se tornaria atriz.

Fazer isso seria pior que trair Saladina; seria o mesmo que matá-la.

* * *

A vida continuou assim: cuidados, paciência e carinho; foi então que as visitas começaram a aparecer.

Uma tarde em que Dolores havia saído para a taberna, Saladina se sentou em um banquinho na entrada de casa para esperá-la. Começou a ouvir passos no caminho e levantou-se para receber a irmã com um abraço. Avançou um pouco, com a intenção de esperar no fim do caminho para surpreender a irmã, mas ficou olhando. Olhando o quê? Dolores, que não vinha sozinha. Ela e seu acompanhante, que não era outro senão Albert Lewin, o diretor de *Os amores de Pandora*, pararam a poucos metros da casa e começaram a se beijar. Saladina subiu rapidamente para o quarto e se enfiou sob os cobertores da cama. Dolores voltou vinte minutos depois, foi vê-la e beijou-a na fronte. Como está você, Sala? Muito bem. Saladina se sentiu estranha.

Na vez seguinte, Saladina abriu a porta e viu Dolores enroscada na cama com o senhor Tiernoamor, que a olhava sorridente por cima do ombro.

Assim que levantava de manhã, com o cabelo emaranhado, contava tudo isso para a irmã, muitas vezes em inglês. Também dizia: "Esta noite tive visita, Dólor... muita gente passeando de um lado para outro no meu quarto... você também estava". E ficava muito séria: "O que você estava fazendo no meu quarto?"

Esquecia-se de costurar.

Deixou morrer o grilo Adolf, e os gerânios secaram.

Esqueceu-se de escrever, e já não fazia mais listas.

Rezava. Rezava sem parar, e comia tortilhas de queijo.

Dom Manuel, o padre, ia vê-la todos os dias, trazia o sacramento e lhe dava a extrema-unção.

Era uma figurinha frágil. Pele murcha. Só ossos.

Violeta da Cuqueira tinha razão; a doença tinha voltado com toda a virulência.

Morreu poucas horas depois da vaca; Greta também tinha ido de mal a pior. Desde que acordara balindo como uma ovelha, mal comia, e passava a maior parte do dia dormindo. Uma noite, Dolores estranhou não ouvir ruído de coices e mugidos no estábulo. Com a pior das premonições, desceu lentamente para o estábulo. Greta estava caída, morta, sobre o leito de tojo.

Dolores se aproximou e ficou um instante aspirando o seu cheiro. Sentindo o seu calor (e o zumbido das moscas ao redor). Subiu para pegar um lençol e barbante, envolveu-a completamente e atou-a. Retirou os galhos de um lado do estábulo e trabalhou com a pá e a picareta durante muito tempo, até cavar uma cova funda. Depois cobriu-a de terra e de ramos.

Quando terminou, olhou pela janelinha. O mundo do amanhecer se revelava diante dela: o rumor do rio, os ecos longínquos da mata, os guinchos agudos e aterrorizantes dos animais pequenos. Ficou inclinada para a frente, tentando conter os soluços.

Até que desatou a chorar.

Chorou pela vaca, mas principalmente chorou por todas as coisas de que, a partir desse momento, começava a sentir falta. Chorou por Saladina fazendo geleia de figos na cozinha. Chorou pelo ruído que ela fazia ao estalar os dentes de manhã, pelo cheiro da urina quente. Chorou pelo cheiro selvagem do seu púbis. Chorou pelos sanduíches de banana amassada que comiam na Inglaterra e pelo fedor de pipoca rançosa dos cinemas. Chorou pelas galinhas adormecidas e pelo som do cincerro quando subia ao monte. Chorou pelo brilho amarelo das flores de tojo. Chorou pelo filme que não

protagonizaria, pelo som do carro vermelho do senhor Tiernoamor afastando-se pelo caminho. Chorou por Terra Chã.
Chorou a vida.
Chorou por si.

Depois enxugou as lágrimas com a ponta do avental, foi para a cozinha, preparou o desjejum da irmã e levou-o para o quarto. Encontrou-a sentada na cama com aqueles óculos de armação de madrepérola e lentes que lhe deixavam os olhos enormes, que ela usava para costurar. Pegou água com uma bacia e a pôs no colo dela para que lavasse as mãos. Jogou dentro um sabonete e mergulhou as próprias mãos. Durante um momento, os dois pares de mãos ficaram entrelaçados na água cheirosa e esbranquiçada, procurando-se e brincando como peixes, roçando-se.
– São os meus dedos ou os seus? – disse uma Inverna.
A outra ficou pensativa. Respondeu:
– Que diferença faz?
E caíram na risada.
Retirada a bacia, Saladina tomou o copinho de anis e comeu um pedacinho da tortilha de queijo, mas não teve forças para mais nada. De repente disse:
– Greta...
E Dolores respondeu:
– Sim...
Saladina tirou os óculos e ficou contemplando a paisagem pela janela. O vento agitava o milho com força. De vez em quando trazia o repicar das badaladas da igreja.
– Ninguém jamais vai saber que na verdade ela se chamava Teixa.

— Nem que foi roubada — disse a outra. — Nós a escondemos tanto! Você se lembra do medo que tínhamos de que alguém a reconhecesse?

Tornaram a mergulhar no silêncio.

Um corvo grasnou lá fora.

— Você nunca me disse por que corria — disse Saladina depois de um instante.

— A Greta? — perguntou a irmã, admirada.

— O Camión de Taragoña — respondeu a outra.

A Inverna Dolores ficou pensativa. Passara tantos anos contando aquela história, e nem tinha parado para pensar por que aquele homem corria dia e noite para parte alguma...

— Não importa — disse então a irmã. — Já não quero saber. Vivemos coisas lindas juntas, não é, Dólor?

— É claro.

— Vivemos bem, não é?

— Acho que sim.

Saladina fez então um gesto para que a irmã se aproximasse e lhe sussurrou ao ouvido uma frase cheia de lucidez, dez palavras que Dolores jamais esqueceria e que, na verdade, não sabia como interpretar: "Você já pode ir para Hollywood e se tornar atriz".

Dolores começou a soluçar.

— Você me dá permissão? De verdade? *E o que aconteceu conosco...? Comigo...?* O padre sabe? O que você lhe contou? Preciso saber!

Mas Saladina ficou muda; mergulhou em um sono profundo e sereno; pouco depois, faleceu.

Dolores velou o cadáver quase toda a noite. Depois tentou dormir um pouco.

Sentia-se terrivelmente aliviada.

19

Na manhã seguinte, depois de conseguir dormir algumas horas, Dolores desceu para a cozinha. Sua irmã estava deitada no catre que havia lhe preparado. Perguntou-lhe:

– Sala, você está me ouvindo, Sala?

A muda presença de Saladina enchia o aposento.

Dolores fez silêncio e continuou, emocionada:

– Sei que preciso me apressar... Mas estou confusa... É difícil, sabe? Sempre fizemos tudo juntas...

Esperou mais um momento.

– Não se preocupe, já vou tirar a sua camisola e vesti-la com alguma coisa bonita. Mas escute uma coisa – sua respiração se acelerava, se interrompia e tornava a começar outra vez com um gemido fraco –, você continua achando que devo ir, Sala? Não quero fazer nada que você não aprove, agora que...

Dolores ficou a manhã toda pensando em como faria para enterrar a irmã. Por volta do meio-dia quis mudar o cadáver de lugar, mas ele começara a ficar rígido, e não conseguiu movê-lo. Estava cada vez mais confusa e embotada. Foi então que ouviu batidas na porta.

Era o padre, que vinha acompanhado de quase toda a aldeia. Quando o viram passar com a âmbula dos santos óleos, de novo em direção à casa das Invernas, não puderam deixar de segui-lo. O resto das pessoas foi se juntando a eles pelo caminho.

Ao abrir a porta, Dolores sentiu que cedia à felicidade, à mais absoluta das gratidões. Ao ver toda aquela gente ali, pensou que havia se enganado. No fundo eram bons: estavam dispostos a ajudar e a consolar nos momentos difíceis. Assim, enquanto os deixava entrar, explicou com voz trêmula que precisava de ajuda para ir a Sanclás comprar um... Depois tinha que voltar para...

– Minha irmã morreu – anunciou afinal.

Fez-se um silêncio geral. Dom Manuel se persignou. A viúva de Meis levou uma das mãos à boca. Disse:

– Meu Deus!

Entraram na casa e desfilaram lentamente diante do cadáver. Alguns lhe beijavam os joelhos e os pés.

– Está meio tristonha – opinou tia Esteba franzindo o nariz.

– E mais magra – disse a viúva de Meis. Continuava com os dedos sobre a boca, como se estivesse evitando vomitar.

– Que pena! – disse o gaiteiro[1] de Sanclás, que também estava ali naquela manhã. – Ela não tirou muito partido da dentadura nova.

E Tristán, o *caponero*:

– Com o que custam! Eu pensava em colocar uma, mas olha... para quê?! Somos tão pouca coisa!

Ficaram imóveis e silenciosos enquanto o padre rezava umas latinices. Dolores então percebeu que três ou quatro mulheres cochichavam e olhavam o padre em busca de assentimento, para sair em seguida disparadas em direção ao alpendre. Dom Manuel interrompeu suas rezas por alguns segundos.

– O que estão fazendo com isso? Não! – gritou ele, limpando com a manga umas gotas de suor que lhe caíam pela testa. – Eu já disse que era preciso esperar a Guarda Civil.

As mulheres se detiveram bruscamente diante da porta do estábulo. Deram meia-volta e tornaram a se colocar perto de Dolores, do catre com Saladina e do grupo que o rodeava. Mas continuavam intranquilas e não soltavam a picareta e a pá.

– Minha irmã está cada vez mais rígida – disse a Inverna –, é preciso vestir-lhe a mortalha e colocá-la no caixão imediatamente. Não tenho... ainda não tenho ataúde.

---

[1] A gaita de foles é o instrumento musical típico da Galícia. (N. da T.)

O padre continuou rezando sem fazer muito caso, com os dedos entrelaçados no colo, visivelmente nervoso, quando as mulheres, que não haviam parado de se mover e de cochichar entre si, decidiram ignorar as suas ordens e entrar no estábulo. Durante um bom tempo era possível ouvi-las mover-se de um lado para outro com o tojo, jogue isso aqui, dizia uma, afaste esse galho, como cheira isto, sim, e mais rangido de galhos e crepitar de folhas secas, *puah*, tem que estar, vamos cavar!, sim, vamos cavar!, mas... ele não tinha dito que estava no estábulo?, por aqui, sim, aqui está a terra revolvida...

De vez em quando, dom Manuel abria os olhos, aguçava o ouvido, soltava um suspiro e renegava com a cabeça, "já lhes disse que era melhor esperár a Guarda Civil para o registro...", sussurrava. Os outros homens também ouviam os ruídos, na expectativa.

Até que se fez um silêncio.

Um silêncio terrível.

De repente, o grupo de mulheres saiu em tropel, deixando a picareta e a pá jogadas no chão. Tinham cara de ter visto um fantasma; franquearam a porta empurrando umas às outras para sair. Enquanto isso, o padre começou a abrir caminho entre elas, o que está acontecendo?!, gritava, aí não há nada!, o que encontraram?, era *ele*?, digam alguma coisa, pelo amor de Deus! Já lhes disse que era preciso esperar a Guarda Civil!

Então, dirigindo-se a Dolores, ele disse:

– Mas sua irmã me disse que não estava aqui!

– Isto não tem nada que ver com minha irmã – ela respondeu com tranquilidade.

– Ela me disse que foi ela que...

– Pois mentiu.

O padre tornou a enxugar o suor da fronte. Começou a gaguejar.

– Mas, mulher... como pôde?

– E o que o senhor teria feito no meu lugar?

Foi então que aqueles que permaneciam na sala começaram a se inquietar. O círculo em volta do catre de Saladina se abriu e se dissolveu. A viúva disse que não era por não ajudar, bem sabe Deus que não, mas que nunca tinha gostado dos mortos; tio Rosendo saiu em seguida, encolhendo os ombros enquanto pedia desculpas, e o que vou fazer eu, onde há capitão marinheiro não manda. Tia Esteba se lembrou de repente de que havia deixado pão assando no forno e foi embora dizendo que logo voltaria, afinal de contas era ela que vestia os defuntos, e não via inconveniente algum em ajudar. Ficaram o padre, Tristán, o *gaiteiro* de Sanclás e outros dois camponeses.

Os dois camponeses e o *gaiteiro* opinaram que com certeza a irmã precisava de solidão e recolhimento naqueles momentos, e que era melhor saírem. Tristán olhou o relógio e saiu chispando. Na porta, voltou-se. Explicou confusamente algo sobre o grasnado de suas aves. Então o padre, que já estava havia algum tempo com um pé na rua, decidiu que o melhor seria chamar o senhor Tiernoamor para que a levasse no carro a Sanclás a fim de comprar um caixão. Assim, saiu para trazê-lo.

Dolores tornou a ficar sozinha. Deitada no catre, sua irmã adquiria uma cor cada vez mais olivácea. Já estava tão rígida que ia ser impossível vesti-la, "tal como a própria Saladina me havia advertido meses atrás, muito antes de cair doente", pensou com certo pesar.

Algumas horas depois, quando caíam as primeiras sombras, a Inverna saiu para procurar Tiernoamor em sua casa. Caminhava gravemente, muito ereta, sozinha, quando viu o padre passar a toda a velocidade em direção contrária. Dom Manuel ergueu a cabeça um segundo para fitá-la, mas em seguida a baixou. Dolores notou que a barra da sotaina tinha lama e espinhos dos atalhos que ele havia pegado.

Subiu então a rua principal, a espinha de peixe. A aldeia estava vazia, um vazio que, no entanto, parecia encher tudo; onde estariam as pessoas?, onde estavam os animais? Cruzou com uma menina de olhos azuis, suja e loura, com uma bacia de madeira na cabeça, que em seguida se afastou. Passou então na frente de uma escola. Nesse momento tio Rosendo saiu, dando pescoções nas crianças. Ao ver a Inverna passar, ficou parado. As crianças se puseram a cochichar entre si. Dolores disse:

– Não lhe disse antes porque havia muita gente ali, mas acho que vou seguir o seu conselho, Rosendo.

Tio Rosendo deu um pontapé em um menino para que ele saísse de perto deles, e aproximou-se, confuso.

– Meu conselho?

– Vou enfrentar o meu instante – disse então Dolores.

A Inverna esperava uma reação efusiva por parte de tio Rosendo, algum discurso sobre o medo e a mecânica do instante, que não veio.

– Sei... – foi a sua resposta. – Talvez...

Mas tio Rosendo não pôde continuar. A viúva de Meis já estava ali puxando-o pelo braço e obrigando-o a entrar em casa.

Dolores encontrou o senhor Tiernoamor trabalhando no consultório. Perguntou-lhe com certo despeito se o padre não o tinha avisado da morte de sua irmã.

– Ele... ele me disse – respondeu Tiernoamor meio abalado –, mas é que estou no meio de um polimento, tenho um cliente de Coruña, imagine, de Coruña!, que vem no primeiro horário da manhã, e não pude.

Dolores esperava de pé. Não sabia se tinha entendido bem aquela história do polimento. Afinal o protético parou o que estava fazendo e, ajeitando a camisa dentro das calças para sair, disse que não havia nenhum inconveniente em ajudá-la, que por Saladina daria sua vida e até seus dentes.

Foram até Sanclás com o Seat 1400 à procura de um caixão, que transportaram até a casa. Uma vez lá dentro, Tiernoamor não pareceu impressionar-se diante do cadáver de Saladina: é quase, fitou-a com toda a tranquilidade, como se tivesse estado morta a vida inteira. De repente disse:

– O padre entrou um dia na taberna, muito nervoso, e nos disse a todos que Saladina acabava de lhe confessar ter matado o seu marido, *ela sozinha*, por ciúmes, mas que o cadáver não estava na casa...

Dolores fez como se não tivesse ouvido.

– Primeiro é preciso pôr-lhe um vestido limpo sobre a combinação – disse ela.

Subiu ao quarto e pegou vários vestidos e as meias vermelhas de seda. Eram roupas que tinham trazido da Inglaterra, e que ali na aldeia mal haviam usado. Desceu e deixou tudo sobre a mesa. Tiernoamor reconheceu as meias. Exclamou:

– Puta que o pariu!, as meias vermelhas feitas dos paraquedas do inimigo alemão! O que eu não daria para ter um par assim... até combinam com o carro. – Soltou uma gargalhada, mas, ao ver a expressão severa de Dolores, parou de rir e continuou falando: – Mas ninguém acreditou nele... no padre, quero dizer. As mulheres tinham certeza de que o cadáver do tal Tomás, o seu Tomás, estava no estábulo, porque a viúva de Meis uma vez viu surgir uma mão entre os galhos de tojo. Além disso, alguém viu vocês tirando-o da carroça quando chegaram a Terra Chá...

– Acho que vou lhe pôr este vestido – disse ela, novamente como se não tivesse ouvido nada de todo aquele discurso macabro. – Ajude-me, por favor, a levantá-la pelos pés.

Tiernoamor obedeceu, mas não parava de olhar as meias. Estava puxando as pernas quando, de repente, a boca de Saladina se abriu. A dentadura nova reluzia, mais branca e brilhante que nunca. O protético ficou olhando para ela. Então Dolores compreendeu:

– Saia daqui! – disse, furiosa. – Charlatão arrancador de dentes! Fora da minha casa!

O senhor Tiernoamor recuou. Com um cacarejo, disse:

– Já chega de me tratar como se eu fosse um monstro! Arrancar os dentes dos mortos não é nada comparado a arrancar cérebros e matar maridos... Ninguém as chamou. Estávamos muito tranquilos! Você não percebe que agora precisam que vocês vão embora... que *você vá embora* a qualquer custo? Não sei mais como lhe explicar! Vocês nunca deviam ter voltado!

Dolores pegou a vassoura e ergueu-a diante do protético. Mas de repente ficou pensativa. Disse:

– Explique-se! Que alguém se explique de uma vez! Por que precisam que eu vá embora? E, principalmente, o que foi que aconteceu com meu avô naquela noite de outubro de 1936?

Mas Tiernoamor já não estava disposto a dizer mais nada. Fechou a porta e saiu em passos rápidos, ligeiramente inclinado, pelo caminho.

A Inverna bufava de raiva enquanto continuava a vestir a irmã. "Sala, vamos, vamos", dizia. "Me dê a mãozinha, Sala, vou vesti-la, me ajude a vesti-la." Quando estava pronta, pintou-lhe os lábios e trançou-lhe o cabelo. "Coragem!, já estamos indo."

Com muito esforço, conseguiu colocá-la no caixão.

20

1

936...
Enquanto subia pelo caminho, o senhor Tiernoamor viu desfilar em sua mente as imagens daquela gélida noite de outubro.

O padre havia lhe contado que dom Reinaldo estava escondido na igreja. Na sacristia havia um alçapão, e o avô das Invernas estava enfiado ali havia meses, junto com os víveres que a cada manhã fazia subir para a partilha.

Não passaram dois dias e toda a aldeia já estava lá. Da porta do alçapão, tornaram a lhe pedir os contratos de compra e venda dos cérebros, insistindo em que não queriam acabar como Esperanza e como dona Resurrección. Isso, e não a comida, era o que realmente inquietava a todos. Dom Reinaldo lhes repetiu que para isso teriam que devolver o dinheiro.

Houve insultos e mais discussões.

Dois dias depois os guardas apareceram na igreja. Alguém havia avisado que o médico bolchevique, amigo dos poetas, estava escondido lá. Reuniram toda a aldeia sob a mira dos fuzis. Obrigaram o padre a mostrar o esconderijo da sacristia, mas ele se negou a fazê-lo; disse que jamais seria um dedo-duro como o senhor Tiernoamor.

Foi então que os guardas se puseram a vociferar e a pedir aos demais que colaborassem.

Divididos pelos bancos, estavam todos ali: a padeira, o sapateiro, tio Rosendo, que abaixava a cabeça, a viúva de Meis, que tremia ligeiramente, Tristán, que não conseguia reprimir um acesso de riso...

Afinal o padre, encurralado, disse que não era ele quem tinha que decidir se dom Reinaldo devia ser delatado. Que todos aqueles que estavam sentados nos bancos da igreja também sabiam o paradeiro daquele senhor.

Os guardas foram perguntando a cada um. Foi tio Rosendo quem disse que dom Reinaldo estava por ali, muito perto... Em seguida a viúva de Meis disse que era verdade, que ele estava na sacristia. Os guardas inspecionaram a sacristia e, não encontrando nada, prosseguiram o interrogatório. Duas velhinhas choravam, e Tristán comentou, como quem não quer nada, que na sacristia havia um alçapão. Tia Esteba lhes disse exatamente onde ele ficava. Foi o padre quem, finalmente, teve que explicar como levantar a tampa, pois nem todo mundo sabia abri-lo.

Chovia, e os morcegos subiam e desciam, fazendo círculos no ar.

Dolores saiu de casa e foi para o alpendre. Pegou a pá e começou a cavar debaixo da figueira. Quando a cova estava bem grande, saiu de casa empurrando o caixão da irmã. Jogou-o na cova e cobriu-o de terra. Depois tornou a entrar; determinada, pegou uma das Singer e levou-a ao piso superior. Arrastou-a até a janela. Ofegava. Disse: "É claro que vivemos momentos lindos". E jogou-a impetuosamente.

A máquina bateu num galho da figueira e chegou ao solo em caquinhos.

Ela desceu e tornou a subir com a segunda Singer. Jogou-a também pela janela.

Achou lindo jogar as máquinas daquela maneira.

Duas horas depois, o carro de Tiernoamor dobrava a esquina seguido de um grupo de pessoas.

Os que estavam dentro desceram. A comitiva era encabeçada pelo padre, que tinha uma expressão esquiva. Atrás dele vinham Tiernoamor e Tristán, bem como algumas mulheres. Tio Rosendo se ocultava atrás da barriga da viúva.

Continuava chovendo. Abriram os guarda-chuvas e se colocaram em círculo diante da entrada. Dia cinzento. Corvos. Contemplaram os restos quebrados das máquinas de costura, os carretéis soltos, a roda partida. A terra revolvida debaixo da figueira.

Com o grupo também estava a dupla da Guarda Civil, que parou diante da casa e bateu na porta. Gritaram que vinham inspecionar o estábulo, já que algumas vizinhas haviam encontrado um corpo suspeito... envolto em um lençol e amarrado com uma corda.

Mas não houve resposta. A Inverna não estava mais lá.

Ninguém a tinha visto desaparecer entre os milharais.

Talvez pelo caminho que leva a Portugal.

Agradecimentos

Gostaria de agradecer a carinhosa e paciente crítica de Lucina Gil, a Elisabeth Sánchez-Andrade, a Patricia Sánchez e, especialmente, a Nuria Barrios.

A minhas tias – especialmente a María Paz –, que herdaram de minha avó o prazer de contar histórias, agradeço a ilusão de fazer reviver todas essas histórias e personagens. E a minha mãe, Bárbara, que me acompanhou pelas terras galegas em busca das lembranças da família.

Este livro, composto com tipografias Garamond
Premier Pro e Adorn Pomander e diagramado pela
Alaúde Editorial Limitada, foi impresso em papel
Lux Cream setenta gramas pela Bartira Gráfica no
octogésimo primeiro ano da morte na Guerra Civil
Espanhola do escritor Frederico García Lorca.
São Paulo, fevereiro de dois mil e dezessete.